MANFRED GÖRK

LOCKDOWN IN NEUSEELAND

Über den Autor und dieses Werk

Manfred Görk, 1954 geboren, studierte Volkswirtschaft und lebt heute bei Heidelberg. Seine berufliche Tätigkeit führte ihn rund um den Globus. Er lernte Länder, Kulturen und Menschen kennen, die ihn prägten. Nach seiner beruflichen Karriere wandte er sich dem Schreiben zu. Er ist ein ausgesprochener Kenner Chinas und machte das Leben in diesem Land zum wesentlichen Inhalt seiner Bücher und Videofilme. Aus aktuellem Anlass, der sogenannten Corona-Krise und deren Bekämpfung in Neuseeland, legt er heute dieses Tagebuch vor.

Weitere Veröffentlichungen:
Land der Mitte - Impressionen aus einer anderen Welt (2017, ISBN: 978-3-9584057-0-7). Dieses Buch ist auch in der chinesischen Übersetzung erschienen (2018, ISBN: 978-3-7481990-9-0).
Luluba – Geschichte einer chinesischen Bauernfamilie (2019, ISBN: 978-3-749-44872-2).

Kontaktaufnahme: landdermitte@gmx.net.

Manfred Görk

Lockdown in Neuseeland

Ein CORONA-Reise-Tagebuch

Bibliografische Information der Deutschen Nationalbibliothek:
Die Deutsche Nationalbibliothek verzeichnet diese Publikation in der
Deutschen Nationalbibliografie; detaillierte bibliografische Daten sind im
Internet über http://dnb.dnb.de abrufbar.

Umschlaggestaltung: Manfred Görk

Quelle Umschlagselement: <a href='https://pngtree.com/so/behand-
lung'>behandlung png from pngtree.com</a>

Herstellung und Verlag: BoD – Books on Demand, Norderstedt

ISBN: 978-3-750-44249-8

To those who

break the chain of transmission

STAY HOME

BE KIND

(Jacinda Ardern)

Inhaltsverzeichnis

Vorwort

Im Januar 2020 begann sich die Welt in einer Weise zu verändern, wie es, mit Ausnahme derer, die noch den Zweiten Weltkrieg am eigenen Leib erfahren hatten, niemand zuvor erlebt hatte. Ein Virus befiel die Menschen. Zunächst in China. Während dort die Zahl der Infizierten Tag für Tag dramatisch anstiegt, fühlte sich der Westen sicher und traf keine Vorkehrungen, um das Übergreifen auf die eigene Bevölkerung zu verhindern oder zumindest zu erschweren. Ende Februar wurde deutlich sichtbar, dass die westliche Welt nicht immun gegen dieses Virus ist, doch immer noch lebten die Menschen davon unbeeindruckt weiter. Sie setzten ihre Pläne um, befeuert von Regierungen, die nach wie vor von einer lokalen ostasiatischen Angelegenheit sprachen.

Sven Neuland und Wei Ling waren zu einer großen Reise nach Neuseeland aufgebrochen. Als sie dort eintrafen, war das Virus weit weg. Dann, nach drei unbeschwerten Wochen, kam ihrer Reise ganz plötzlich zum Stillstand. In Neuseeland wurde die höchste Alarmstufe, der nationale Notstand, ausgerufen und jegliches öffentliche Leben zum Erliegen gebracht. Das Virus hatte auch den weit abgelegenen Inselstaat erreicht. Für die Regierung gab es nur ein Ziel: Das Virus soll eliminiert werden. Sven und Ling mussten sich, wie zigtausend andere Touristen, Sprachschüler, Weltenbummler, in eine Selbstisolation begeben, ohne zu wissen, wie lange dieser Zustand andauern würde. In dieser Situation erschien den meisten Ausländern die rasche Rückreise in ihr Heimatland das sinnvollste Ziel, aber viele Hürden standen der Umsetzung im Weg.

Herr Neuland und Frau Wei erzählten mir die ganz persönliche Geschichte und Wahrnehmung ihrer Isolation, ihres gestrandet seins in Neuseeland. Sie gaben mir die Zustimmung zur Veröffentlichung ihrer Aufzeichnungen. Das Tagebuch beginnt mit der Schilderung ihrer ersten noch sehr normal verlaufenden Urlaubstage. Doch schon von Anfang an drängte sich das Corona-Virus, das mittlerweile den offiziellen Namen COVID-19 bekommen hatte, in den Alltag hinein. Die Zeit des Ausharrens während des landesweiten Lockdowns waren von täglicher, ja stündlicher Beschäftigung mit dem Virus geprägt. Es bestimmte die Tage und Nächte des Wartens auf den Rückflug. Das Denken und Fühlen in dieser Zeit waren unmittelbar und stark von COVID-19 geprägt. Aus ihrer Erzählung erfährt man, was das Virus, abgesehen von einer möglichen physischen Infektion, mit den Menschen machte.

Ich möchte dieses Tagebuch wegen der Aktualität des Themas so früh wie möglich der interessierten Öffentlichkeit zugänglich machen. Deshalb können sich orthografische und grammatikalische Fehler in den Text eingeschlichen haben. Ich bitte, diese zu entschuldigen.

Mai 2020, Manfred Görk

Vorbereitung

Eigentlich hatten Ling und Sven einen ganz anderen Plan. Die Hoffnung, ihn, gegebenenfalls mit ein paar Variationen, zu realisieren, zerstob innerhalb weniger Tage. Schuld daran war das Reich der Mitte, so las Sven in den westlichen Medien. Schuld war ein Virus, war die Angst. Am 26. Januar flog seine Frau Wei Ling zurück nach China, es gab dort ein paar Dinge für sie zu tun. Das, was sie in Deutschland zu erledigen hatte, war abgeschlossen. Lings Flug über Shanghai nach Auckland war für den 17. Februar geplant. Sven Neuland würde sie dort einen Tag später treffen, um mit ihr gemeinsam das andere Ende der Welt zu erkunden. Anschließend wollten sie zusammen nach China fliegen und Mitte April zurück nach Deutschland. Das war der Plan. Sven hatte die Flugtickets gekauft, Mietwagen und eine Reihe von Motels gebucht sowie einen groben Reiseplan erarbeitet. Am Vorabend des 26. Januar kamen bei Ling erste Sorgen auf. War es wegen der großen Zahl der mittlerweile in ihrer Heimat vom Virus Infizierten nicht zu riskant, jetzt eine Reise dorthin zu machen? Immerhin waren schon mehr als 2.000 Chinesen infiziert, wenngleich auch noch niemand in ihrer Provinz. Wäre sie nicht sicherer in Deutschland zu bleiben, einem Land, dessen Regierung davon überzeugt war, dass von diesem bösen Virus keine Gefahr für ihre Bevölkerung ausging?

Wenige Tage zuvor hatte Frau Wei den letzten Schritt für die Erlangung des Aufenthaltstitels, die erfolgreiche Sprachprüfung mit Bravour erledigt. Sieben Wochen hartes, selbstständiges Lernen waren von Erfolg gekrönt. Im Bürgeramt hatte sie alle Unterlagen für den Erwerb der Aufenthaltsgenehmigung vorgelegt, gleichzeitig ihren Wohnsitz in Deutschland angemeldet, es lief alles nach Plan.

Sie hätte bleiben können. Auch Sven Neuland spürte Zweifel an der Richtigkeit der Entscheidung, doch er ermunterte seine Frau, trotzdem zu fliegen. Sie würde doch nur ein paar Tage in China sein, kaum drei Wochen insgesamt, da konnte nicht viel Unerwartetes passieren. Wie endlos lang drei Wochen in den Zeiten von COVID-19 sein würden, ahnten sie damals nicht.

Frau Wei flog. Auch in ihrer Provinz war mittlerweile eine strikte Ausgangssperre verhängt worden, aber sie durfte noch zu ihrem Wohnort reisen und sich in ihr eigenes Appartement begeben. Außer einem Großeinkauf einmal pro Woche waren keine weiteren Aktivitäten außerhalb der Wohnung mehr erlaubt. Keines der geplanten Vorhaben konnte sie erledigen, keine Freunde, keine Familie persönlich treffen. Es war rasch abzusehen, dass sich dieser Zustand eine ganze Weile lang nicht ändern würde. Jeder Tag in der Wohnung war ein langweiliges Warten auf den nächsten eintönigen Tag. Täglich stieg der Zahl der Infizierten deutlich an. Das Virus breitete sich in Wellen über allen chinesischen Provinzen aus.

Deutschland war sicher, der ganze Westen war nicht gefährdet, auch das nicht-kommunistische Asien war ohne Gefahr. Das berichteten die Medien tagtäglich. Vor allem aber war Neuseeland sicher, das wussten beide. Damit das so blieb, hatte der Inselstaat am anderen Ende der Welt bereits ein Einreiseverbot für Chinesen verhängt. Es betraf diejenigen, die sich in den letzten 14 Tagen vor der Einreise in China aufgehalten hatten. Weitere Länder wie Singapur trafen die gleichen Entscheidungen. Lings Flug von Shanghai nach Auckland wurde demzufolge annulliert. Der Teufel, in diesem Virus versteckt, wirkte noch lokal, doch den Plan ihrer Neuseeland-Reise ließ er wie eine Seifenblase zerplatzen.

Herr Neuland war niemand, der schnell aufgab. Er spielte verschiedene Szenarien durch, wobei er zwar die Sicherheit seiner Frau in den Vordergrund stellte, trotzdem aber am Plan der Neuseelandreise, wenn auch zu einer anderen Zeit, festhielt.

Frau Wei war jetzt bereits zehn Tage lang in ihrer häuslichen Isolation. Die Anzahl der Virus-Infizierten stieg täglich weiter an. Bisher waren die Fälle in ihrer Provinz noch niedrig, aber es war jedem klar, dass die chinesische Regierung beim geringsten Anzeichen auf Verschlimmerung innerhalb von Stunden weitere einschränkende

Maßnahmen ergreifen würde. Immer noch gab es Flüge nach Deutschland, doch deren Anzahl war bereits stark reduziert worden und die freien Plätze waren auf eine einstellige Zahl geschrumpft. Sie entschieden am 6. Februar, dass Frau Wei, sobald als möglich nach Deutschland zurückfliegen solle. Ling griff zum Handy, wählte die Telefonnummer von Air China, um in einer Warteschlange zu landen. Das war völlig neu in China. Es war klar, dass auch andere den gleichen Plan hatten, es war eilig. Chinesen waren nicht zimperlich, wenn sie einen Service wollten. Kurzerhand rief Frau Wei bei der VIP-Hotline an, obwohl sie nicht einmal annähernd VIP der Fluglinie war. Doch bevor der Mitarbeiter sie darauf aufmerksam machen konnte, hatte sie schon ihren Buchungswunsch heruntergespult. Es war für den netten Herren am Telefon die einfachere Lösung, den Flug für sie zu buchen.

Zwei Tage später saß sie bereits im Flugzeug. Auf dem Weg über Peking nach Frankfurt wurde sie dreimal kontrolliert. Fieber wurde von Leuten mit Schutzanzügen und vollständig abgedecktem Gesicht gemessen. Die Wege in den Flughafenterminals waren so abgesperrt, dass das übliche Schlendern durch die Geschäfte nicht mehr möglich war. Fragebögen zum Gesundheitszustand mussten ausgefüllt werden und das Tragen einer Maske war Vorschrift, sowohl im Flughafen als auch während des Fluges. Für Chinesen war das nichts Ungewöhnliches, sie hätten es selbst ohne Anordnung getan.

In Frankfurt stieg sie am anderen Morgen aus dem Flieger und spürte sofort, dass sie in einem freien Land angekommen war. Deutschland war offensichtlich immun gegen so ein chinesisches Virus. Am Flughafen wurde niemand kontrolliert, es wurden keine Fragebögen zur Gesundheitssituation ausgegeben und schon gar nicht wurde Fieber gemessen. So spazierte sie, wie alle anderen, aus der Ankunftshalle, als gäbe es kein COVID-19. Mittlerweile hatten Lufthansa und viele andere Airlines ihre Flüge nach China zwar eingestellt, aber chinesische Fluggesellschaften durften weiterhin fliegen und spuckten jeden Tag weit mehr als 1.000 Menschen in dem Land aus, das es nicht für nötig hielt, auch nur ein Minimum von Kontrollen vorzunehmen.

Das Virus meldete sich erstmals zu Wort: Ihr Deutschen werdet das noch bitter bereuen. Sehr bald schon! Noch blieb es ungehört. Alle begrüßten Frau Wei, als sie wieder in Deutschland war. Sie hatte die einzig richtige Entscheidung getroffen, sagte man ihr. Und das bewahrheitete sich auch sofort, denn vieles lief jetzt geschmeidig ab. Falls das Virus geglaubt hatte, sich wieder in die Gedanken von Herrn Neuland und Frau Wei einnisten zu können, dann hatte es sich getäuscht.

Am 20. Februar wurde Frau Wei die Aufenthaltsgenehmigung erteilt. Allerdings werde die Ausstellung des entsprechenden Ausweiskärtchens mit dem Namen eAT (Elektronischer Aufenthaltstitel) wohl vier Wochen lang dauern, erfuhr sie vom Ausländeramt. Was solls, Wei Ling konnte ohnehin noch bis Juli ihr Visum benutzen.

Schweren Herzens begann Herr Neuland alle Buchungen von Motels, Flügen und Mietwagen zu stornieren. Er hatte gut vorgeplant. Bis auf lächerliche 50 Euro ging alles kostenfrei über die Bühne. Noch während des Stornierens formte er einen neuen Plan. Er war quasi das Spiegelbild des Ersten, begann nur zwei Wochen später. Diese Frist musste auch wegen der Transitregeln für die Zwischenlandungen eingehalten werden. Weil sie später fliegen mussten und in Neuseeland der Herbst Einzug halten würde, drehte er die Reihenfolge einfach um. Zuerst würden sie sich auf der Südinsel aufhalten, um sich dann, mit der Wärme, immer weiter nach Norden treiben zu lassen. Eine kluge Entscheidung. Zu diesem Zeitpunkt wusste er aber nicht, dass es auch aus anderen Gründen ein genialer Schachzug war.

Ihre Abreise war jetzt für den 2. März geplant. In den letzten Tagen vor dem Abflugtermin rief Herr Neuland nahezu täglich in Singapur und Neuseeland an, um sicherzustellen, dass die «14-Tage-nicht-in-China» Regelung weiterhin gültig war. Es wurde ihm bestätigt. Den Rückflug hatte er mit Qatar Airways geplant. Es bot sich an, dabei einen 3-tägigen Stopover in Doha einzulegen. Auch das hatte er so gebucht. Singapur Airlines würde die beiden nach Neuseeland bringen, Qatar Airways wieder zurück. Dann würde auch das eAT, das Ausweiskärtchen, abholbereit im Bürgeramt liegen. Trotz der komplizierten Corona-Lage in China ein guter Plan. Sie waren äußerst zufrieden damit und voller Vorfreude.

Ein guter Freund: Ist es eine kluge Entscheidung, jetzt zu fliegen?

Das war so eine Frage, bei der man schon beim Stellen wusste, dass sie nicht leicht beantwortet werden konnte.

Das Virus mischte sich in die Suche nach einer Antwort ein: Ich befalle nicht nur die Lungen, ich verwirre auch die Gedanken.

Sven: Wir haben alles im Griff, wir sind bestens vorbereitet. Er erinnerte an die zentralen Aussagen der Regierung seines Landes. Die Zahlen gaben ihr Recht, wie sie glaubte oder zumindest der Bevölkerung weismachen wollte. Einen Tag vor der Abreise hatte Deutschland lächerliche 130 Infizierte, Italien leicht beängstigende 1.700 und in der Schweiz, von der aus ihr Flug gehen sollte, lag der Wert bei 42.

Das Virus warf ein: In allen Ländern habe ich mich innerhalb von drei Tagen um das Dreifache vermehrt. Es blieb ungehört.

Sven und seine Frau wussten um die Zahlen in China. 2.100 Infizierte waren gemeldet, als Ling am 27. Januar zuhause ankam, 36.800, als sie Hals über Kopf wieder in Deutschland eintraf. Einen Tag vor Beginn ihres Traumurlaubs waren es erschreckende 80.000. Doch jetzt war China weit weg.

Sven beruhigte die besorgten Freunde und sich selbst: Wir fliegen nach Neuseeland. Ein einziger Mensch ist dort infiziert. Und wenn die Lage in Deutschland tatsächlich eskalieren sollte, bleiben wir in Neuseeland, schließlich haben wir ein Visum, das drei Monate lang gültig ist.

Damit war die eher theoretische Diskussion beendet. Die Koffer waren schnell gepackt, es würde wie geplant losgehen.

Freie Fahrt

Montag, 2. März 2020

Zürich.

Sven und Ling gruppierten ihre Koffer in der S-Bahn so um sich herum, dass niemand anderes in ihrer Nähe einen Platz finden konnte. Auch in den beiden Zügen, einem IC und einem ICE nach Zürich, suchten sie sich Plätze in Waggons, die weitestgehend leer waren. Sie wollten Abstand. Das Anti-Virus reiste mit ihnen und gab, unsichtbar bleibend, gute Ratschläge. Aber in der S-Bahn, die sie vom Züricher Hauptbahnhof zum Flughafen – dort hatten sie eine Übernachtung gebucht – brachte, konnten sie anderen Menschen nicht aus dem Wege gehen, zu viele Personen hatten das gleiche Ziel.

Vom Anti-Virus kam der gute Rat: Dreht den Kopf zur Seite, wenn euch jemand zu nahekommt.

Das Virus hatte sich klammheimlich über China hinaus ausgebreitet und suchte jetzt in Europa ein neues Betätigungsfeld. Es war prompt zur Stelle: Über 2.000 Italiener habe ich bereits erwischt und auch schon 40 in der Schweiz. Wollt ihr wirklich am Abend noch mal in die so belebte Innenstadt zurück? Es nervte. Es verunsicherte auch.

Sie schwankten hin und her und fuhren trotzdem zu einem zweistündigen Stadtrundgang ins nass-kalte Züricher Stadtzentrum. Die vielen dort lebenden Asiaten trugen weitestgehend schon Schutzmasken. Während des Spaziergangs hatte das Virus keine Chance, ihren Geist zu beeinflussen und auch in der Nacht störte es ihren Schlaf nicht.

Dienstag, 3. März 2020

Flug nach Singapore.

Herr Neuland und Frau Wei nahmen am Morgen den Hotel-Shuttle zum Flughafen Kloten. Zehn Personen unterschiedlicher Nationalitäten saßen darin dicht beieinander. Nur drei von ihnen trugen eine Maske.

Virus: Ich fliege mit euch! Ein kurzer Satz nur, aber er reichte aus, die Situation zu beschreiben.

Beim Einchecken und später auch bei der Passkontrolle wurden ihre Reisepässe sehr sorgfältig studiert. Singapore Airline wusste, dass sie jeden, der sich nicht in Singapore oder im Transitbereich aufhalten durfte, kostenlos zum Abflughafen zurückfliegen musste.

Frau Wei führte ihre VIP-Karte einer chinesischen Großbank mit sich. Damit erhielt sie weltweit kostenlosen Zugang zu Lounges an den Flughäfen, wobei sie auch einen Gast einladen durfte. So konnten sie gemütlich ein Frühstück einnehmen, bevor sie zum Gate gingen. Entspannt warteten sie auf das Einsteigen.

Virus: Siehst du die Frau dort drüben, wie gründlich sie sich auf den Flug vorbereitet? Es folgte ihnen auf Schritt und Tritt.

Herr Neuland drehte seinen Kopf und sah eine sehr attraktive Frau, Mitte dreißig, die eine ganz besondere Art des Make-ups zelebrierte. Zunächst legte sie sich eine der modernsten Gesichtsmasken an und prüfte mehrfach deren korrekten Sitz, bis sie damit zufrieden war. Dann zog sie eine Schutzbrille aus ihrer LV-Tasche, und stülpte sich die Kapuze ihrer samtweichen Jacke über die Haare. Zu guter Letzt streifte sie sich ein Paar lange enganliegende Handschuhe über. Sven Neuland konnte sie auch während des Fluges beobachten. Nur beim Essen und beim Nippen an ihrem Sektglas befreite sie sich vorübergehend von ihrer Rüstung. Sie war nicht die einzige, die eine Maske trug. Auch Frau Wei tat es und die meisten der Flugbegleiter ebenso. Sven hatte eine Maske griffbereit, sah aber keine Notwendigkeit, sie aufzusetzen. Im Laufe des angenehmen Fluges vergasen sie das Virus, genossen den guten Service und fielen in einen erholsamen Schlaf.

Mittwoch, 4. März 2020

Flug nach Auckland.

Die beiden trafen gegen sechs Uhr am Morgen am Singapore Changi-Airport ein. Drei Stunden später sollte der Weiterflug nach Auckland starten.

Das Virus meldete sich wie aus heiterem Himmel, als die beiden ausstiegen: Ich bin mit euch geflogen. Ich werde euer Begleiter sein.

Sie spürten es sofort, nachdem sie die Maschine verlassen hatten. Bei jedem Passagier wurde mit einer Art Laserkanone Fieber gemessen. Große Hinweisschilder waren im gesamten Ankunft- und Transitbereich angebracht, deutlich mehr als die Hälfte der Leute, die sich schon so früh am Flughafen aufhielten, trugen Masken.

In der Lounge nahmen sie ein leckeres Frühstück ein und duschten ausgiebig. Wie von einer unsichtbaren Kraft gesteuert, warf Sven einen Blick auf die Corona-Statistiken.

Sven: Schon 262 Infizierte in Deutschland, aber Gott sei Dank nur 3 in Neuseeland!

Ling: Ich weiß das schon, und in China sind nur ganz wenige neue Fälle hinzugekommen. Immer mehr sind bereits wieder gesund.

Ling nutzte ihre chinesische App, die ihr jederzeit die aktuellsten Werte und jede Menge grafisch aufbereiteter Zusatzinformationen zeigte. Überhaupt war sie immer etwas früher, als ihr Ehemann, wenn es darum ging, die neuesten Zahlen in Erfahrung zu bringen.

Drei Stunden später saßen sie im Flieger nach Auckland. Chinesen gehörten neben Koreaner üblicherweise zu den größten Touristenkontingenten Neuseelands. Oft flogen sie über Singapore. Da aber die Zahl in Korea in den letzten fünf Tagen ebenfalls ganz dramatisch zugenommen hatte, waren jetzt auch sie von einer Einreisesperre betroffen. So blieben viele Sitze frei. Kurz vor Mitternacht kamen sie endlich in Auckland an. Fieber wurde mit der gleichen Methode wie in Singapore gemessen. Bei der Einreise studierte der Grenzpolizist sehr akribisch ihre Reisehistorie und an der Kofferausgabe beschnüffelt ein tüchtiger Hund jedes Gepäckstück. Das freilich gehörte seit ewigen Zeiten zur Ankunft in Neuseeland und hatte nichts mit dem Virus zu tun.

Die erste Nacht verbrachten sie in einem Hotel in der Nähe des Flughafens. Vierundzwanzig Stunden Flug und zwölf Stunden Zeitunterschied würden nicht spurlos an ihnen vorübergehen. Mit dem Hotel-Shuttle wurden sie abgeholt. Es war schon nach Mitternacht, als sie in einen unruhigen Schlaf fielen.

Donnerstag, 5. März 2020

Flug nach Christchurch.

Sie standen sehr zeitig auf und fuhren ohne Frühstück zum Flughafen. Der Abflug nach Christchurch sollte bereits um 9:30 Uhr erfolgen. Check-in im Domestic Terminal war nur an Automaten möglich, die jedoch keine chinesischen Pässe lesen konnten. Daher wurde Wei Ling freundlicherweise am Businessclass Schalter eingecheckt. Leider galt ihre VIP-Karte nicht für die Domestic-Lounge, also kauften sie Sandwiches und Kaffee in einem Geschäft im Terminal. Das war ihr karges Frühstück. Doch der Magen hatte sich sowieso noch nicht auf die neue Zeitzone eingestellt, sodass sich gar nicht genau sagen konnten, ob sie Hunger hatten oder nicht.

Der Flieger war voll besetzt. Zum Einsteigen standen Treppen am vorderen und am hinteren Eingang bereit, sodass sich die Passagiere beim Suchen ihrer Plätze einigermaßen aus dem Weg gehen konnten. Die Sitze waren schwarz, die Uniformen der hübschen Flugbegleiterinnen ebenso. Schwarz ist die dominierende Farbe in Neuseeland. Nur wenige Passagiere trugen eine Maske, es schien ein ganz normales Reiseverhalten zu geben, so wie eh und je.

Sven: Das Virus hat bestimmt den frühen Abflug verschlafen.

Ling: Musst du jede Minute daran denken? Wir haben Urlaub.

Die Sicht auf die Berge der Südinsel war phänomenal, eine Vorahnung auf die Reiseerlebnisse, die vor ihnen lagen. Der Airport in Christchurch war sehr übersichtlich, aber es gab auch internationale Verbindungen. Eine Emirates-Maschine sowie zwei der Qantas Airways standen auf dem Vorfeld.

Sven Neuland kaufte als Erstes eine neuseeländische SIM-Karte und ahnte nicht, dass sie später von großem Nutzen werden sollte. Dann nahmen sie ein Taxi zu ihrem in der Nähe des Stadtzentrums gelegenen Motel, in dem sie drei Nächte, zum Akklimatisieren, bleiben wollten. Der Taxifahrer war Koreaner, lebte bereits seit 15 Jahren hier und sprach immer noch ein schlechtes Englisch. Von ihm hörten sie, dass der Tourismusumsatz schon deutliche eingebrochen sei, weil seine Landsleute, vor allem aber keine Chinesen mehr kommen durften. Die beiden erfuhren auch, dass das Preisniveau um einiges über dem in Deutschland lag.

Ihr erster Weg führte zum PAK'nSAVE Supermarkt. Es handelte sich dabei um eine Art Ikea für Lebensmittel.

Anti-Virus: Nehmt das Desinfektionsmittel, das neben den Einkaufswagen an der Wand hängt. Sie hörten auf den guten Rat.

Es dauerte eine ganze Weile, bis sie in den Auslagen das fanden, was sie als Vorrat für die nächsten Tage einkaufen wollten. Schwer bepackt gingen sie die zwei Kilometer zurück zum Motel.

Antivirus: Hände waschen nicht vergessen. Bitte gründlich! Sie folgten prompt der Aufforderung, dann packten sie alles in den Kühlschrank.

Bevor sie in einen langen Anpassungsschlaf fielen, warfen sie noch einen Blick auf ihr Handy.

Virus: Ich bin hier, werde euch jetzt ständig begleiten. Ihr werdet es nicht schaffen, auch nur einen Tag nicht an mich zu denken. Es klebte wie schwerer Manuka-Honig in ihren Gedanken.

Sie lasen die aktuellen Zahlen der Corona-Statistik: 482 Infizierte in Deutschland und mehr als 3.900 in Italien.

Sven wollte vom Virus wissen: Was ist mit Italien los?

Virus: Sie waren zu leichtsinnig und zu langsam. Aber das ist erst der Anfang einer großen Katastrophe.

Die Zahl der Neuinfektionen in China – sie war wieder nur gering-
fügig gestiegen – war schnell vergessen. Stattdessen rückten Korea
und plötzlich auch der Iran in den Vordergrund ihres Interesses.
Die Entwicklung in Neuseeland hingegen beunruhigte sie nicht,
denn es blieb bei 3 Fällen.

Freitag, 6. März 2020

Christchurch.

Es schien, als sei ein 12-stündiger Jetlag leichter zu verarbeiten, als
ein 7-stündiger. Einigermaßen frisch wachten die beiden auf. Gab
es Nachrichten von zuhause? Ja, sogar zwei. Beiden gemeinsam war
der Wunsch, doch ein paar Gläschen von dem berühmten neuseeländischen Manuka-Honig mitzubringen. Ling erklärte Sven, wo-
rum es sich dabei handelte. Dann machten sie sich auf den Weg ins
Stadtzentrum von Christchurch.

Sie durchstreiften den riesigen Hagley-Park, in dem zahllose alte
stattliche Bäume in den blauen Himmel ragten und ausreichend
Grasflächen für die Cricket und Rugby-Spieler zu Verfügung standen. Die Spaziergänger und Jogger verteilten sich in der Weite der
Anlage, sodass es überhaupt keines bewussten Entschlusses bedurfte, sich aus dem Weg zu gehen. Der Park war virusfrei. Die
Innenstadt wurde einerseits durch meist einstöckige Holzhäuser,
andererseits durch eine schier endlose Zahl von geschotterten Parkplätzen geprägt. Vor dem großen Erdbeben 2011 standen hier
Wohnhäuser und Bürogebäude, lebten hier Menschen.

Sven: Es ist sehr bedrückend, hier entlang zu spazieren.

Ling: Ja, auf Schritt und Tritt ist das Beben gegenwärtig. Schau
dort die Kirche, da fehlt eine komplette Außenwand.

Die Bewohner – sie sprachen mit einigen – nahmen es mit Fassung. Es sei nun einmal geschehen und man hoffe jetzt, für lange
Zeit von solchen Schicksalsschlägen, denen man mit Ohnmacht ge-
genübersteht, verschont zu bleiben.

Sie genossen einen starken Kaffee in einem der zahlreichen Straßencafés, besichtigten einen Street-Food-Markt, eine Kirche, die nur geringe Schäden davongetragen hatte, sowie die Gedenkstätte für die Opfer des Erdbebens. Dann tranken sie ein Glas Chardonnay im Weinkeller des Kunstmuseums, vor dem gerade Filmaufnahmen für einen Werbespot gemacht wurden. Sie durften einen kurzen Blick in den Innenhof einer Knabenschule werfen, in der die zukünftige Elite Neuseelands, so war es auf mehreren Plakaten zu lesen, ausgebildet wurde. Alle Schüler trugen eine langweilige dunkle Uniform. Die Mädchen in einer anderen Schule gegenüber waren nicht flotter gekleidet. Am Abend holte Sven Essen aus dem Thai-Restaurant, das gleich neben dem Motel lag. Der tief sitzende Eindruck der Zerstörungskraft des Erdbebens ließ Corona den ganzen Tag über keinen Raum. Doch vor dem Schlaf wiederholte sich, was schon zum Ritual geworden war. Die Corona-Statistik zeigte 4 Infizierte in Neuseeland, ein neuer Fall war also hinzugekommen. In Deutschland wurden die Fälle immer zahlreicher, es waren jetzt bereits 670. Weitere Zunahmen wurden auch aus Korea, Iran und Italien berichtet.

Samstag, 7. März 2020

Christchurch.

Wieder gingen sie durch den Hagley-Park zum Stadtzentrum, dieses Mal durch den südlichen Teil. Hier waren in großer Zahl die echten Cricket-Felder angelegt. Jede Menge Teams jugendlicher Eliteschüler hatten sich eingefunden, begleitet von ihren Eltern, die die Zeit zu einem entspannten Plausch untereinander nutzten. Anleitungen brauchten die jungen Sportler nicht. Cricket war ihre Wochenendbeschäftigung, war Entspannung vom täglichen Lernen. Sie trugen elegante weiße Kleidung und ihr Auftreten auf dem Spielfeld hatte durchaus etwas Edles, anders als beim anderen Kultsport der Kiwis, dem Rugby.

Sven und Ling spazierten durch den wunderschönen Botanischen Garten, in dem Bäume standen, die nur hier heimisch waren. Sie erreichten gewaltige Höhen, waren oft mit anderen Baumstämmen wie eine ganze Baumfamilie ineinander verwachsen. Stämme und Äste kannten keine Abstände. Wer Nähe definieren wolle, nahm diese Bäume als Beispiel. Die ganze Anlage war ein Inbegriff reiner Harmonie, Schönheit und Sicherheit. Gleich nebenan befand sich das Canterbury-Museum, in dem die Geschichte Neuseelands und der Region dargestellt wurde. Beide Orte konnten ohne die sonst oft extrem hohen Eintrittsgelder besucht werden. Sven und Ling lernten einiges über die Maori, die sehr früh nach Neuseeland kamen. Natürlich gab es auch Räume, die der Zeit der britischen Entdecker vorbehalten waren. Ling benutzte gerne ihre Hände, um unbekannte Dinge zu begreifen. So auch die Griffe eines zwei Meter hohen Einrades, das in einem der Räume stand. Sie musste eine ganze Weile warten bis sie hinaufklettern konnte. Vor ihr war noch eine etwa zwanzigköpfige Reisegruppe, die das gleiche Ansinnen hatte. Ling amüsierte sich sehr über das seltsame Fahrzeug und schaute triumphierend von oben auf Sven herab.

Virus: Das ist eine italienische Reisegruppe. Stundenlang hatte es geschlafen, jetzt meldete es sich ganz unvermittelt Alarm.

Ling: Wie lange sind diese Leute schon im Land?

Sven: Vielleicht sind sie erst gestern angekommen.

Sie machten jetzt einen großen Bogen um diese Leute, die natürlich auch in allen anderen Räumen immer in der Nähe waren. Dann suchten sie einen Ort, um sich gründlich ihre Hände zu waschen.

Später bekam Ling einen Anruf von der Polizei ihrer Heimatstadt. Es war nicht der Erste. In regelmäßigen Abständen fragten die lokalen chinesischen Behörden nach dem Wohlergehen ihrer Bürger, auch wenn sich diese im Ausland aufhielten.

Am späten Nachmittag fuhren sie mit einem Linienbus zum Flughafen, um den Mietwagen abzuholen, denn am Folgetag sollte ihre Rundreise beginnen. An jeder Haltestelle stiegen Fahrgäste aus, oft Studenten, denn die Linie bediente auch das Universitätsgelände. Jeder Einzelne von ihnen bedankte sich beim Aussteigen laut beim Fahrer. Das war eine außergewöhnliche Beobachtung. Eine strahlend freundliche Hertz-Mitarbeiterin kümmerte sich um die

Formalitäten für den Mietvertrag, dann stieg Sven rechts auf dem Fahrersitz, denn in Neuseeland wird auf der linken Straßenseite gefahren. Es war ein verhältnismäßig neuer Toyota Corolla.

Nach dem Abendessen war Zeit, Nachrichten nach Deutschland zu schicken, denn dort brach gerade der Tag an. Sven schwärmte von Lamm und Lachs aus lokaler Produktion, sowie von den neuseeländischen Weinen, von denen er bereits drei Sorten probiert hatte. Er lobte ebenfalls den Kaffee und den Geschmack der frischen Milch, nur zum Bier konnte er bisher nichts Positives berichten. Es folgte ein Austausch von Informationen, in denen, wie sollte es auch anders sein, das Virus die entscheidende Rolle spielte. Sven fiel beim täglichen Studieren der Statistiken auf, dass von den meisten Ländern in den verschiedenen Medien konsistente Fallzahlen gemeldet wurden. Für Deutschland hingegen war das nicht der Fall. Die Zahlen vom Robert Koch-Institut (RKI) wichen stark von denen der Weltgesundheitsorganisation (WHO) ab. Die höchsten Werte wurden regelmäßig von der Johns Hopkins University (JHU) gemeldet. Manche Presseorgane in Deutschland brachten es fertig, in ein und demselben Artikel unterschiedliche Zahlen zu präsentieren. Machte es einen Unterschied, ob 792 oder 813 Leute infiziert sind? Sven war der Meinung, dass das sehr wohl von Bedeutung sei. Bemerkenswert fand er auch Empfehlungen einzelner deutscher Politiker, dass die Menschen bestimmte Regionen oder sogar Städte meiden sollten.

Sven zu seinen Freunden: Beherzigt ihr diesen Rat?

Freund-1: Nein.

Freund-2: Wozu? Es gibt in Deutschland noch keinen Todesfall wegen Corona.

Genau das war mehr als verwunderlich, denn in Italien betrug die Zahl der Corona-Toten schon 5 % der Infizierten. Das war der höchste Prozentsatz weltweit. Hier in Neuseeland war die Zahl konstant bei 5 Infizierten geblieben. Kein Grund für eine unruhige Nacht.

Sonntag, 8. März 2020

Omarama.

Nach dem Frühstück verließen sie Christchurch, nicht ohne vorher noch im PAK'nSAVE Supermarkt für unterwegs einzukaufen. Sie würden durch zahlreiche kleine Ortschaften kommen, in denen es wahrscheinlich keine Läden gibt. Daher kauften sie einen kleinen Vorrat für zwei bis drei Tage ein. Neben den üblichen Lebensmitteln landete auch das erste Glas des berühmten Manuka-Honig im Einkaufswagen. Es war freilich eine preiswerte Sorte, denn die mit der besten Qualität waren in den Supermärkten nicht zu finden.

Es war kühl und es regnete immer wieder leicht. Mehr als eine halbe Stunde ging die Fahrt durch Vororte von Christchurch, Richtung Süd-West. Dann wurde es leerer auf der Straße, die Landschaft beeindruckender und erste große Schaf- und Rinderherden grasten friedlich im saftigen Grün auf weitläufigen Wiesen links und rechts des State-Highways. Gegen Mittag erreichten sie den Lake Tekapo. In einem japanischen Restaurant aßen sie ein schlecht schmeckendes Nudelgericht, dann spazierten sie zum Ufer des riesigen Sees, auf dem keine Boote zu sehen waren. Das Wasser war klar und gletscher-grün. Über eine schwingende Brücke führte der Weg zu einer kleinen Kapelle, in der eine geschäftstüchtige Frau mit Argusaugen darüber wachte, dass niemand ein Foto im Innenraum machte, ohne einen Obolus dafür in eine Schale zu werfen. Etwas weiter entfernt stand ein Denkmal eines Schäfers, das aber vor allem seinem Herdenhund gewidmet war, der ihn bei seiner Arbeit immer aufs Beste unterstützt hatte. Nach gut zwei Stunden an dem heute nicht von Touristen überlaufenem See fuhren sie eine weitere Stunde bis zum heutigen Ziel, dem Ahuriri-Motel in Omarama. Es trug den Namen des Flusses, der den Ort durchquerte.

Omarama war ein Kaff. Es hatte nur zwei Straßen, eine Tankstelle, einen kleinen Lebensmittelladen und zwei Restaurants. Eines davon war geöffnet. Alle Leute, die Hunger hatten oder nur einen Plausch mit anderen suchten, trafen sich dort am Abend. Die Kneipe war gut gefüllt. Sven und Ling bestellten Lamm, Fisch und zwei große Bier. Wie nahezu überall musste man zur Theke gehen und dort die Bestellung aufgeben. Man zahlte sofort und erhielt einen Holzquader, in den eine Nummer eingesteckt war. Diesen stellte man gut sichtbar auf den Tisch und wartete, bis das Essen gebracht wurde. Es schmeckte ausgezeichnet.

Die überwiegende Zahl der Gäste waren Neuseeländer, woher auch immer. Viele kannten sich. Die Einheimischen unterhielten sich in rustikaler Lautstärke quer durch den Raum miteinander. Viele waren in uralten Klamotten erschienen, manche barfuß, auf Äußerlichkeiten wurde nicht geachtet. An allen Seiten des Gastraumes hingen TV-Geräte an der Wand. Dort waren Rugby-Spiele zu sehen und viele starrten gebannt auf die Spielertrauben, die sich auf den Spieler mit dem eiförmigen Ball stürzen.

Beim Spaziergang zurück zum Motel durchstreiften die Besucher zwei Straßen, in denen in großen Gärten stattliche Holzhäuser standen. Menschen begegneten ihnen nicht. Zurück im Motel fiel ihnen das Wort Corona wieder ein.

Virus: Schaltet das Handy endlich an, wollt ihr nicht wissen, wie ich mich weiterverbreitet habe? Es gab schon jetzt keinen Tag, an dem es nicht wenigstens einmal ihre Gedanken steuerte.

Natürlich wollten sie es wissen, griffen zum Mobiltelefon und öffneten die deutsche und die chinesische App mit den aktuellsten Statistiken.

Virus: Seht ihr, in eurer Heimat habe ich schon mehr als 1.000 Leute erwischt, gar nicht davon zu reden, was ich in Italien gerade anrichte. Es gelang ihm, die beiden in Sorge zu versetzen.

Anti-Virus: Seid beruhigt, hier in Neuseeland sind es nicht mehr geworden, immer noch nur 5. Kein Grund zur Sorge. Die Debatte der beiden verlief noch im Gleichgewicht.

Verwirrender waren die Nachrichten, die Freunde aus Deutschland auf WhatsApp posteten. Offenbar war man in eine Art Panik geraten. Noch vor ein paar Tagen hieß es, Corona würde kein Thema für uns, wir wären bestens vorbereitet. Plötzlich aber waren Virologen auf allen TV-Kanälen zu sehen, die eine ganz andere Meinung vertraten. Eine ihrer zentralen Erkenntnisse wurde Hals über Kopf von der Bundeskanzlerin, die bisher in der ganzen Angelegenheit durch konsequentes Schweigen aufgefallen war, dem Volk kommuniziert. Unvermittelt wurde als Marschrichtung ausgegeben, dass die dauerhafte Bedrohung nur dann besiegt werden könne, wenn 60 bis 70 Prozent der Bevölkerung infiziert und dadurch immun würden. Was für eine gigantische Zahl und woher weiß man, dass nach dem Befall mit dem Virus und der Heilung zweifelsfrei die Immunität eintritt? Das Ganze sollte auf magische Weise über einen Zeitraum von 2 Jahren oder länger gestreckt werden.

Sven war so weit weg von Deutschland, dass er es zwar wahrnahm, aber sich davon nicht vom Schlaf abbringen lies. Strategiewechsel von eben auf nachher hatte es schon bei anderen Gelegenheiten gegeben.

Montag, 9. März 2020

Dunedin.

Der Morgen war kühl, die Wolken hingen tief und machten die ersten Kilometer auf der leeren Straße zu einer Geisterfahrt. Wie durch einen sich öffnenden Schleier, mit dem der Wind spielte, tauchte hin und wieder ein Bergkamm aus dem Weiß-grau auf. Die Straße war breit und führte an mehreren Seen entlang zur Ostküste. Der Nebel lichtete sich, ohne Ankündigung, für ein paar Sekunden, um gleich darauf die Sicht wieder auf 20 Meter einzuschränken.

Sven und Ling kamen zu einer Stelle, an der Felszeichnungen der Maori zu sehen waren. Man brauchte etwas Fantasie und gute Augen, um diese wirklich zu erkennen. Beeindruckender war die Formation der Steinschichten, die diese Zeichnungen in sich bargen. Nach einer guten Stunde kam die Sonne heraus, es wurde schnell warm und die Wolken lösten sich auf, der Nebel wurde ausgelöscht. An einem der Seen machten sie einen Spaziergang auf einem Weg, der entlang einer Allee dicker Bäume angelegt war. In ihrem Astwerk hatten Spinnen kunstvoll und präzise ihre gewaltigen Netze gespannt. Zwei alte Männer bereiteten ein Boot vor, um ein paar Fische für den persönlichen Bedarf zu fangen. Die Ruhe, mit der sie ihre Arbeit machten, hat etwas Erhabenes.

Dann erreichen sie Oamaru und sahen zum ersten Mal den Südpazifik. Der Besuch der Kolonie der blauen Pinguine lohnte um diese Tageszeit nicht, da sich alle Tiere im Meer zum Fische fangen tummelten. Eine ganze Reihe fauler Robben hatte sich auf den Felsen zum Sonnenbad gelegt. Das war eine Beobachtung wert. Die Brandung war überaus stark, sie spülte viel Tang und Treibholz ans Ufer und damit auch den typischen Geruch des Meeres. Danach warfen sie einen kurzen Blick auf Oamarus alte Straßenzeilen mit den kolonialen Gebäuden, in denen noch vor nicht allzu langer Zeit geschäftiges Treiben herrschte. Heute war der Ort ausgestorben. Das skurrile Steampunk-Museum sahen sie sich nur von außen an. Eine alte Dampflokomotive stand vor dem Eingang, leicht schräg nach oben zeigend, und alle 15 Minuten fauchte sie und stieß weißen Dampf in den blauen Himmel.

Auf dem Weg nach Süden fanden sie ein schönes Gartencafé. Sie saßen draußen unter einem Baum, mitten in einem Blumengarten, aßen Fish und Chips und einen schweren englischen Muffin, dann fuhren es weiter zum Moeraki-Boulders-Beach.

Der Weg zu den großen ballförmigen Steinen führte durch die Dünen bis an die Wasserkante hinab. Es war Flut. Man konnte ein paar Hundert Meter am Strand entlanglaufen, über Steine und Treibholz, bekam immer wieder nasse Füße oder fiel, wie Ling in ihrer Euphorie, gleich in den Schlamm. Durch die Flut wirkten die Steinkugeln längst nicht so imposant, wie erwartet, denn nicht einmal die ganze obere Hälfte war zu sehen. Wieder oben am Parkplatz angekommen standen Putzgeräte für die Reinigung der mit Schlamm bedeckten Schuhe bereit. Sie machten noch einen Spaziergang entlang eines anderen Weges durch dichten Wald, in dem niedrige Bäume standen und das Unterholz undurchdringlich war. Von hier hatten sie einen beeindruckenden Blick auf das tief unten liegende Meer, dessen graue Farbe nur um Nuancen heller war, als die der Steine. Einen dritten Grauton lieferte der Himmel. Die Augen sahen also drei Varianten von Grau, sonst keine weiteren Farben.

Schließlich erreichten sie am Abend ihre Unterkunft in Dunedin. Das Adrian-Motel lag ganz nahe am Meer, aber es hatte wieder angefangen zu regnen und der geplante Strandspaziergang fiel daher aus. Sie fuhren mit dem Auto los, um in der Nähe etwas zu essen zu finden. Letztlich entschieden sie sich für eines von mehreren China-Take-aways. Es war der falsche Entschluss. Der Routineblick auf die Corona-Statistik berührte sie nicht weiter. Immer noch konstant 5 Infizierte in Neuseeland und etwas über 1.200 in Deutschland. Kein Grund zur Sorge, wo sie sich jetzt aufhielten, waren sie sicher.

Dienstag, 10. März 2020

Te Anau.

Das heutige Ziel lag weit im Westen. Doch zunächst war ein kurzer Abstecher zur Otago-Halbinsel geplant, auf der sich das einzige Schloss Neuseelands, Larnach-Castle, befindet. Der Nebel war noch dichter als am Vortag, nahezu undurchdringlich. Schon weit vor dem Schlossgarten stand ein Kassenhäuschen. Für die Besichtigung des Parks und einiger Räume mussten bereits hier die Eintrittskarten gekauft werden. Bei diesem Wetter eine vollkommen sinnlose Geldausgabe. Die Straßen auf der Halbinsel waren schmal und kurvenreich, so dauerte es eine ganze Weile, bis Herr Neuland und Frau Wei wieder in Dunedin ankamen. Sie legten einen Stopp ein, um den berühmten Bahnhof zu besichtigen, ein wahrlich stattliches Gebäude, wie sie es an diesem abgelegenen Ort niemals erwartet hatten. Sie fuhren dann eine Weile nach Süden, in Richtung Invercargill. Es herrschte starker Verkehr, zahlreiche LKWs versorgten die südlichsten Orte Neuseelands. Eine Stunde lang war die Fahrt uninteressant, kaum Sehenswertes bot sich dem Auge.

Im kleinen Ort Gore bogen sie auf eine schmalere Straße ab, die leicht nordwestlich nach Te Anau führte. Berge, grüne Hänge, weite Täler, soweit man sehen konnte. Eine Mischung aus Tirol und Allgäu, allein die Luft war sauberer, ja klinisch rein. Die Straße war nur schwach befahren und doch war Te Anau unerwartet voll. Der ganze Tourismus in dieser Gegend konzentrierte sich in diesem Ort, dem Ausgangspunkt für die Erkundung des Fjordland-

Nationalparks und natürlich des Milford-Sounds. Nach kurzem Suchen fanden sie einen großen Supermarkt, dann checkten sie im Anchorage-Motel-Apartments ein. Es war ein normales Motel, das Auto konnte direkt vor der Tür geparkt werden. Sie bekamen wieder eine kleine Flasche frische Milch. An der Rezeption sagte man ihnen, dass man momentan nicht mit dem eigenen Auto zum Milford Sound fahren dürfe. Es gäbe nur die Möglichkeit einer organisierten Busfahrt ab Te Anau. Sie würde einen ganzen Tag lang dauern. Später erkundigte sich Sven Neuland im Visitor-Information-Center, wo ihm diese Auskunft bestätigt wurde. Erst nach zweimaliger Nachfrage erhielt er die Information, dass man ohne Weiteres den größten Teil des Milford-Highways mit dem eigenen Auto befahren dürfe, nur die letzten Kilometer zum Sound nicht. Sie entschieden sich gegen den Autobus, damit auch gegen den angeblichen Höhepunkt dieser Gegend, dem Milford-Sound. Stundenlang inmitten einer 40-köpfigen Reisegruppe von Aussichtspunkt zu Aussichtspunkt gefahren zu werden, um dann nach einer Blockabfertigung aus einem von einhundert Bussen gleichzeitig am Milford- Sound ausgespuckt zu werden, klang nicht sehr verlockend.

Am Abend bot sich die Auswahl zwischen mehreren Restaurants, die aber alle voll besetzt waren. In einem sehr ansprechend aussehenden Grillrestaurant ließen sie sich auf die Warteliste setzen und bestellten ein kühles Bier, um die angekündigte 15 Minuten Wartezeit zu überbrücken. Die professionelle Bedienung wusste, wie man Kunden einfing. Nach 30 Minuten hatten sie immer noch keinen Tisch. Sie gingen und kehrten in einer halb leeren Pizzeria ein. Die Qualität des Essens war nicht einmal mittelmäßig. Wie in keinem anderen Ort zuvor wurde überdeutlich, dass man in Te Anau sehr gut verstand, den Touristen möglichst viel Geld aus der Tasche zu ziehen.

Beiläufig widmeten sie sich am Abend ein paar Minuten dem Virus. Lings chinesische App nannte weiterhin die Zahl 5 für Neuseeland. Ein Paradies der Sicherheit. In Deutschland hingegen ging es rasch weiter bergauf. Mehr als 1.500 Infizierte waren bereits registriert. Doch nach wie vor war in der Presse zu lesen, dass Corona keine großen Auswirkungen auf Herrn Neulands Heimatland haben werde. Spanien war dicht an Deutschland herangerückt. Man musste den Süden Europas im Auge behalten. Neue Nachrichten aus heimischen Freundeskreisen waren keine eingetroffen. Es gab offenkundig nichts Wichtiges mitzuteilen.

Mittwoch, 11. März 2020

Te Anau.

Sven und Ling packten Verpflegung für einen Tag ins Auto, denn es würde unterwegs keine Einkehrmöglichkeit geben. Der Milford-Highway führte zunächst am Lake Te Anau entlang und dann immer tiefer in eine imposante Bergwelt hinein. An der Straße fanden sie zahlreiche Aussichtspunkte, an denen sie einen Stopp einlegten. Kleine Seen lagen ruhig inmitten der imposanten Bergwelt. Überall floss Wasser und große Ebenen waren von hohem gold-gelben Gras bewachsen. Das waren die Stellen, an denen die Touristenbusse Hunderte von Leuten für 10 Minuten ausspuckten und sie völlig enthemmt dort herumspringen ließen. Fotos wurden von im Gras stehenden, hockenden, liegenden Menschen geschossen. Videos entstanden von durch die Wiese springenden Leuten. Immer mehr Omnibusse fuhren Richtung Westen, um rechtzeitig an der Stelle anzukommen, von der aus sie zweimal am Tag in einer Blockabfertigung zum Milford-Sound weiterfahren durften. Also Dutzende Busse dicht hintereinander. Während der übrigen Zeit wurde die Straße repariert.

Nach 100 Kilometern endete für Sven und Ling die Fahrt. Eine freundliche Rangerin erklärte, was sie ohnehin schon wussten. Sie durften ihr Auto parken und konnten einen langen Spaziergang unternehmen. Dabei genossen sie großartige Blicke auf die über 2.500 Meter hohen Berge und entdeckten einige fremdartige Vögel im Blätterwerk, deren melodischer Gesang der Stille Leben gab. Milford sahen sie nicht, aber sie bedauerten es auch nicht.

Auf der Rückfahrt legten sie einen Stopp am Lake Gunn ein. Dort war ein Wanderweg durch den verwunschenen Märchenwald angelegt, der sie gut eine Stunde lang durch eine Landschaft von

Feen, Kobolden, Riesen und anderen mystischen Wesen führte. So sah also das Land aus, in dem der Film «Herr der Ringe» gedreht wurde. Ginge man hier bei Nacht oder in der Dämmerung spazieren, die Angst wäre ein ständiger Begleiter. Am Abend schlenderten sie am Ufer des Sees, nahe dem Ortszentrum, entlang und brieten danach in ihrem Motel einen vorzüglich schmeckenden Fisch. Mit dem ein oder anderen Gläschen Wein klang der Tag aus.

Virus: Haltet ein! Deutlicher als an all den Tagen zuvor war dieser Teufel, wieder zur Stelle. Stellt eure Gläser zur Seite, es wird Zeit, unruhig zu werden.

Das Virus hatte recht. Viele Informationen prasselten aus dem Handy und wirbelten die müden Hirnzellen der gesättigten Körper durcheinander. Die Zahlen der Länder, die sie im Fokus hatten, kannten nur einen Weg, den nach oben. 1.900 Infizierte in Deutschland, 12.500 in Italien, über 2.000 in Spanien, 21.000 im Iran, 7.800 in Korea. Was für ein Trend! Doch Neuseeland bliebt der Fels in der Brandung. Es wurden nicht mehr, immer noch nur 5. Sie fühlten sich sicher und frei. Falls die Lage in Europa eskalieren sollte, so dachte Sven, blieben sie eben ein paar Wochen länger in Neuseeland, schließlich war ihr Visum bis Ende Mai gültig. Aus deutschen Medien zuverlässige aktuelle Zahlen in Erfahrung zu bringen war schier unmöglich, zu unterschiedlich waren die Quellen, auf die die Presse Bezug nahm. Die Todesrate in Italien näherte sich in rasantem Tempo der von China. Die Verantwortlichen auf den unterschiedlichsten föderalen Ebenen in Deutschland erließen immer neue Verordnungen oder Empfehlungen. Plötzlich waren in einem Bundesland Versammlungsverbote für mehr als 500 Teilnehmer im Gespräch, in einem anderen wurde die Zahl 2.000 als Obergrenze genannt. Italiener trugen nach wie vor keine Masken und viele nahmen den Hausarrest nicht ernst. Vor vier Wochen kam Ling panisch nach Deutschland zurück, weil es in ihrer Provinz 65! Infizierte gab. Jetzt hatte sogar Deutschland mehr davon als jede einzelne chinesische Provinz mit Ausnahme von Hubei. China hatte das Land schon vor sechs Wochen komplett stillgelegt und abgeriegelt, Bewegungen und soziale Kontakte vollständig untersagt. Mit großer Kraft wurden schier unglaubliche Kapazitäten von medizinischen Einrichtungen aus dem Boden gestampft und alle

Chinesen, ohne Ausnahme, trugen eine Maske. Es schien von Erfolg gekrönt zu sein, wenn man auf die chinesischen Zahlen schaute. In Deutschland wurde immer noch nichts dergleichen angeordnet. Chaos, Unsicherheit und Unwissenheit schien die Entscheidungsträger zu leiten. Erstmals stellten sich Sven und Ling die Frage, ob es klug sei, wie geplant am 10. April nach Deutschland zurückzukehren. Bis dahin könnten auch dort mehr als 100.000 Menschen infiziert sein. Es war der erste Abend ihrer Reise, an dem sie nicht nur die neuesten Zahlen lasen, sondern auch darüber nachdachten, welche Szenarien sich demnächst einstellen könnten und welche Entscheidungen dann ganz persönlich getroffen werden müssten.

Donnerstag, 12. März 2020

Queenstown.

Sie verließen Te Anau nach dem Frühstück, genauer gesagt nach der ersten Halbzeit des Champions League Spiels FC Liverpool gegen Atlético Madrid. Es sah gut aus für die Reds.

Virus: Siehst du, dass das Stadion bis auf den letzten Platz gefüllt ist? Warum störte es schon am Vormittag Svens Fußballgenuss?

Virus: Du wirst die Folgen sehen. Auch in Leipzig und anderen Orten habe ich Zehntausende eingeladen, mit mir im Stadion Bekanntschaft zu schließen.

Sven wusste das und war verwundert, dass manche Stadien voll besetzt waren, andere Spiele hingegen vor leeren Rängen stattfanden. Es gab doch die EU, die UEFA. Warum konnten diese Institutionen keine europaweit einheitlichen Regeln erlassen?

Es waren nur 180 Kilometer bis Queenstown, aber sie ließen sich drei Stunden Zeit, denn unterwegs gab es so viele Stellen, an denen sich das Aussteigen lohnte. Sie empfanden den schlangenförmigen Lake Wakatipu als eine Perle unter den Naturschönheiten Neuseelands.

Ihr Motel war bereits etwas in die Jahre gekommen, aber günstig gelegen und bot direkten Blick auf den See. Es wurde von Indern geführt. Schon um 13 Uhr konnten sie einchecken. Als Erstes unternahmen sie einen Spaziergang entlang des Seeufers zur kleinen Innenstadt, die voller Cafés, Bars, Restaurants und Menschen war. Beim nachmittäglichen Cocktail oder Cappuccino herrschte eine ausgelassene Stimmung. Queenstown war der Schmelztiegel der Südinsel. Elegante Damen und Herren im Business-Outfit mischten sich mit Backpackern, die mit einer Flasche Wein in der Hand und längere Zeit nicht mehr gewaschenen Hosen am Seeufer saßen. Die beiden überlegten, ob sie zu Fuß zum Ben Lomond aufsteigen sollten, entscheiden sich aber für die Seilbahn, die von der österreichischen Firma Doppelmayr erbaut worden war.

Der Hausberg von Queenstown war ein Eldorado für das Freizeitvergnügen, ein geniales Ausflugsziel. Es begann mit einem wunderschönen Rundumblick auf den Ort, den See und die neuseeländischen Südalpen. Oben waren zwei ineinander verschlungene Gokart-Bahnen angelegt worden, auf denen sich nicht nur die Kleinen tummelten. Es gab mehrere Mountainbike-Strecken und eine Abflugstelle für Gleitschirmflieger. Das Personal bereitete jeden Flug mit großer Umsicht und Gelassenheit vor. Schließlich schnallten sie sich die Wagemutigen vor den Bauch und schwebten mit ihnen in weiten Bögen in die Tiefe. Zu den Mutigen gehörten ein junges taiwanesisches Pärchen sowie eine Kiwi-Rentnerin, die die 70 deutlich überschritten hatte. Für den Abstieg wählten Sven und Ling den steilen Fußweg. Er führte mitten durch den Wald. Wenige andere waren hier unterwegs. Unten endete der Weg neben dem Friedhof, auf dem die Gräber mit auffallend vielen Blumen geschmückt waren.

Zurück in der Stadt fanden sie einen Platz in einem schönen Restaurant in der übervollen Fußgängerzone. Es gab Fisch und Lammfleisch, dazu ein lokales Bier aus einer Micro-Brewery.

Sven: Woher stammen denn die meisten Leute, die nach Queenstown kommen?

Kellner: Oh, das sind vor allem Kiwis von der Nordinsel. Dazu Europäer und Amerikaner, aber auch Inder. Chinesen und Koreaner fehlen momentan. Du weißt schon, wegen des Virus. Und dann sind noch viele Südamerikaner hier, aber nicht als Touristen, sondern als Hilfskräfte in den Kneipen, Restaurants und Hotels.

Sie gingen zurück ins Motel. Der Tag war anstrengend und die Beine verlangten nach Ruhe.

Virus: Sven, denke an die Abendroutine! Sieh dir an, was ich geschafft habe, während du mich den ganzen Tag über vergessen hattest.

Der Blick auf die Corona-Statistik war für Sven und Ling ein alltäglicher Routine-Vorgang geworden. Wie stets in den letzten Tagen waren es weiterhin beruhigende 5 Infizierte in Neuseeland, dafür mehr als 2.100 in Deutschland. Sven las zu seinem Erstaunen, dass lokale Behörden dem RKI bisher die Zahlen sowohl maschinell als auch manuell übermittelten. Manuell? Er mochte es nicht glauben. Heute informierte das RKI, dass ab sofort manuell übermittelte Daten nicht mehr angenommen würden. Demzufolge müssten am Folgetag die Fallzahlen zwangsläufig zurückgehen, dachte Sven. Er studierte noch einige Zahlen aus anderen europäischen Ländern, vergas sie aber bereits nach einer Minute wieder. Korea hatte die Lage scheinbar im Griff, China sowieso.

Freitag, 13. März 2020

Wanaka.

In der Nacht hatten sich Sven und Ling nicht weiter mit dem Virus beschäftigt. Jeden Tag spürten sie, wie unendlich weit Deutschland entfernt war. Sie fuhren zuerst 30 Kilometer in nordwestliche Richtung nach Glenorchy. Der kleine Ort lag am Ende des Lake Wakatipu. Hier wurden einige Passagen des Films «Herr der Ringe» gedreht. Besonders schön war der Wetland-Trail. Auf Holzplanken, die mit Maschendraht belegt waren, um nicht auszurutschen, ging es eine Stunde über sumpfiges Gelände, entlang von flachen Wasserflächen, auf denen eine große Zahl schwarzer majestätischer Schwäne ihre Bahnen zogen. Sven tankte den Wagen voll, denn auf manchen Strecken, so auch heute, würde es über 100 Kilometer keine Tankstelle mehr geben. Deshalb sollte mit dem Nachfüllen nicht zu lange gewartet werden. Die Landschaft war fantastisch. Berge, Täler, saubere Luft, glasklare Seen, wo immer man auch hinschaute.

Auf dem Weg zu den Weingütern von Gibbston kamen sie am legendären AJ Hackett Kawarau Bungy Jumping Center vorbei. Hier herrschte reges Treiben von Schaulustigen und Wagemutigen. Ein großes Visitor-Center war errichtet worden, in dem man mit heißen Beats auf den Sprung vorbereitet wurde. In der Mitte der Brücke befand sich die Absprungstelle. Während sie staunend zusahen, sprangen zuerst eine junge Spanierin und dann ein etwa 10-jähriger Knabe. Es war bestimmt nicht sein erster Sprung. Nachdem sich das Seil beruhigt hatte, wurden die Springer zur Wasseroberfläche hinabgelassen, wo sie von einer Crew mit einem Schlauchboot aufgenommen wurden.

Wenige Kilometer weiter besuchten sie eines der zahlreichen Weingüter. Es war in einem herrlichen Talkessel angelegt, hatte ein im Schatten gelegenes gemütliches Gartenrestaurant und eine Käserei, in der sie einen Imbiss einnahmen und ein Viertel des hier angebauten Pinot Gris probierten.

Am Nachmittag erreichten sie Wanaka. Es war schwer, überhaupt noch ein Zimmer zu bekommen. Warum war gerade hier alles ausgebucht? Als sie ankamen, wussten sie den Grund. An diesem Wochenende fand der Wanaka Farmers Market statt, eine Art Maimarkt. Die Mannheimer wissen, was Sven meinte. Sie übernachteten in einem schönen Zimmer eines Hostels, gingen zum New World Supermarkt einkaufen und spazierten dann zwischen Traktoren, Rasenmähern, Pferden und allerlei landwirtschaftlichen Geräten über den Markt. Er war eigentlich schon geschlossen, trotzdem waren die Tore offen. Ganz am Ende des großen Platzes war es laut und voll. Dort hatten sich die Schausteller zu Dosenbier und Hotdogs eingefunden. Sven und Ling blieben mit ihrer Wurst am Rande stehen.

Virus: Habt ihr Angst vor dem Getümmel?

Ling: Ja, ein wenig schon. Zufrieden hörte das Virus ihre Antwort.

Es war diese Zeit, in der immer wieder Gedanken aufkamen, ob zu große Menschenmassen vielleicht doch besser gemieden werden sollten. Ein Spaziergang am herrlichen Lake Wanaka beschloss den Tag.

Am späteren Abend begann der stille Dialog mit dem Virus erneut. Wie in Stein gemeißelt stand die Zahl 5 für Neuseeland, während in Deutschland ein großer Anstieg auf 3.700 Fälle zu lesen war. Die Nachrichten von zuhause betrafen zunächst das Wichtigste: Alle waren gesund. Sie erfuhren aber auch, dass die Bevölkerung zunehmend unruhiger wurde. Das Wort Hamsterkäufe fiel öfter, in vielen Supermärkten waren (vorübergehend?) Klopapier, Nudeln, Konserven und Seife ausverkauft. Vielen Firmen ergriffen seit ein paar Tagen diverse Präventivmaßnahmen, schlossen Kantinen, erließen Reiseverbote, sagten Veranstaltungen ab, begannen mit der Arbeit im Homeoffice. Noch seien die Straßen voll, laß er, Corona sei aber zum zentralen Thema im Land geworden. Da waren sie am anderen Ende der Welt also gerade gut aufgehoben, war sich Sven sicher, als die Sterne hell und strahlend über dem See leuchteten.

Samstag, 14. März 2020

Fox Glacier.

Heute stand eine lange Fahrt an die Westküste auf dem Plan. Sie nahmen sich dafür alle Zeit der Welt und genossen die Ausblicke auf Wasser, Berge und saftige Wiesen. Es herrschte wenig Verkehr. An den Blue-Pools legten sie einen Stopp ein. Vom Parkplatz führte ein Wanderweg zu einem azurblauen See. Beeindruckend war die lange Schwingbrücke, die Sven ganz vorsichtig überquerte, während Ling leichtfüßig und ohne Angst über sie hinweg tanzte. Dann erreichten sie die Tasmanische See, die zwischen Neuseeland und Australien liegt. Das Meer war rau, die Strände luden zum Spaziergang, aber nicht zum Sonnenbaden ein. Sie waren voller Treibholz, Baumstämme und Äste. An einer Aussichtsstelle stand ein hölzerner Turm, von dem man weit übers Meer schauen konnte.

Schließlich kamen sie in Fox Glacier, einem winzigen Ort in unmittelbarer Nähe der beiden höchsten Berge Neuseelands, dem Mount Tasman und dem Mount Cook, an. Ihr Motel lag etwa zwei Kilometer von der Hauptstraße entfernt, an der es drei Restaurants, einen kleinen Laden und eine Tankstelle gab. Die meisten Zimmer waren frei, nur vier weitere Fahrzeuge waren zu sehen. Sie hatten einen herrlichen Garten hinter ihrer Wohnung und konnten auf die beiden Berge schauen, von denen sich am späten Nachmittag die Wolken lösten. Am Abend brieten sie Hähnchenfleisch, etwas anderes gab es im Supermarkt heute nicht zu kaufen. Das Virus störte den entspannten Tagesausklang nicht. Ein neuer Fall war in Neuseeland hinzugekommen, es waren jetzt 6 Infizierte. In Deutschland waren 4.600 als infiziert gemeldet.

Sonntag, 15. März 2020

Fox Glacier.

Virus: Bist du endlich aufgewacht? Die Frage dröhnte in Svens Ohren. Das musste einen besonderen Grund haben. Sven öffnete WhatsApp und las einiges, was beunruhigend wirkte. Ein Freund informierte sie darüber, dass Neuseeland ab dem 16. März alle Einreisen aus Deutschland untersagen werde. Der rasante Anstieg der Infizierten in Europa sei jetzt weltweit zur Kenntnis genommen worden. Neuseeland reagiere schnell, was sich später noch eindrucksvoller zeigen sollte.

Sven: Betrifft uns nicht, denn wir sind schon da! Flapsig schrieb er die Antwort. Er fragte, ob man zuhause mittlerweile alle Aktivitäten außerhalb der Wohnung eingestellt habe. Das wurde verneint.

Freund-1: Wir reduzieren unsere Sozialkontakte aber alle Geschäfte und Restaurants sind ja noch geöffnet.

Freund-3: Ein Gerücht macht die Runde. Deutschland wird demnächst alle Grenzen schließen.

Freund-2: Schulen, Kindertagesstätten, Theater, Schwimmbäder und andere Einrichtungen sind schon geschlossen. Veranstaltungen wurden abgesagt, Flüge können so flexibel umgebucht oder stornieren werden, wie noch nie.

Freund-3: Nicht zu vergessen: Fußball wird nicht mehr gespielt.

Für nicht wenige Landsleute schien Letzteres die größte aller denkbaren Einschränkung überhaupt zu sein. Die Liste dessen, was noch vor zwei Wochen undenkbar war, setzte sich mit folgenden Meldungen fort:

Deutsche dürften bereits in 30 Ländern nicht mehr einreisen.

Auf den Malediven seien 100 Deutsche Touristen gestrandet und wüssten nicht, wie sie zurückkommen sollten, weil dort sowohl die Einreise als auch die Ausreise verboten sei.

Die Ski-Saison in Tirol sei ebenfalls beendet.

Seitens der Kanzlerin käme, wie so oft, nur ein Appell nach dem man die Sozialkontakte auf ein Mindestmaß reduzieren solle.

Die Virologen, denen die Regierung ihr Ohr schenkte, seien sich einig, dass das Virus nicht mehr eingefangen werden könne.

Eine für Sven überraschende Strategie wurde über Nacht zur Maxime des politischen Handelns: die Herdenimmunität. Innerhalb von 2 Jahren, vielleicht auch etwas mehr, sollten sich 70 % der Bevölkerung infizieren. Bei den Überlebenden würde dadurch dauerhafte Immunität erzeugt und das Virus damit ausgerottet. Sven rechnete nach: Deutschland hat 83 Millionen Einwohner. 70 % davon sind 58 Millionen. Gleichmäßig verteilt über zwei Jahre, also 730 Tage, bedeutet das mehr als 76.000 Neuinfektionen pro Tag. Na dann viel Glück mit dieser Strategie.

Nach dem Frühstück hatte er diese Informationen so im Hirn geparkt, dass sie den Tag nicht beeinträchtigen konnten. Sie fuhren die kurze Strecke zum Parkplatz, von dem aus die Wanderwege Richtung Fox-Gletscher starteten. Wegen des hohen Wasserspiegels im Flussbett, durch das ein Teil des Pfades führte, kamen sie nicht so dicht an den Gletscher heran, wie zu Zeiten mit normalem Wasserstand. Doch allein schon der Weg, über den die einstündige Wanderung führte, war faszinierend. Er durchzog einen Urwald. Gibt es einen anderen Ort auf dieser Erde, wo Dschungel und Hochgebirge so unmittelbar nebeneinander liegen? Jeder Baum hatte eine eigene skurrile Form, der Wald war jenseits der Wege undurchdringlich. Er strahlte die totale Ruhe aus. Es gab keine

Insekten, keine Schlangen, keine wilden, gefährlichen Tiere. Es gab nur friedvolle harmonische Natur, wenn da nicht die endlose Kette der Hubschrauber gewesen wäre, die die an Zeit armen Touristen in 20 Minuten einmal rund um den Gletscher flogen. Einer folgte dem anderen, der Lärm der Rotoren störte das Naturerlebnis sehr, doch er brachte dem Land Einnahmen, die es dringend brauchte. Der Gletscher selbst sah, wie zu erwarten, nicht mehr sonderlich spektakulär aus. Im Laufe der Jahrzehnte war er gewaltig geschrumpft. Auf der Wanderung versuchten sie immer wieder, von den Entgegenkommenden einen 2-Meter Abstand einzuhalten. Warum machten sie das eigentlich? Andere waren viel entspannter. Sven und Ling nahmen schon das vorweg, was bald die offizielle Maßgabe werden sollte. Für den Rückweg wählten sie einen schmaleren Pfad, den Moraine-Walk, der noch tiefer durch den Urwald führte.

Am späten Nachmittag umrundeten sie den Lake Matheson. In seinem Wasser sollten sich die Berge besonders intensiv spiegeln, wenn es windstill war und es sich nicht kräuselte. Am Beginn des Trails befanden sich ein traumhaft gelegenes Café und ein überdimensional großer roter Holzrahmen. Er war an der Stelle aufgestellt worden, von der aus die Fotos mit den weißen Bergspitzen im Hintergrund am besten gelingen würden. Leider war das Wasser etwas unruhig, sodass sie das perfekte Spiegelbild nicht erlebten, aber beide Gipfel waren wolkenfrei, was nicht alle Tage der Fall war. Zu dieser Tageszeit kamen viele Leute hierher, auch einige Reisegruppen aus Indien und Italien. Italien! Das mahnte zur Vorsicht. Der Abstand wurde über 2 Meter ausgedehnt.

Am Abend speisten sie in einem der Restaurants, das wie ein amerikanischer Saloon eingerichtet war. Im Innenraum war jeder Tisch besetzt, aber auf der Terrasse gab es freie Plätze. Sie bestellten drinnen an der Theke und bald darauf stand ein leckeres Essen auf dem schweren Holztisch. Sie saßen auf Barhockern bei Fisch und Chips, Lamm und Bratkartoffel, dazu frisch gezapftes Ale. Ein komfortabler Platz an einem stimmungsvollen Ort.

Virus: Es werden immer mehr, es wird Zeit, besorgt zu werden.

Es war wieder der ungebetene Gast, der die Abendruhe hinten im Garten störte. Sven schaute nach. Heute waren 2 weitere Fälle in Neuseeland hinzugekommen. In Deutschland war die Zahl auf 5.800 gestiegen. Was war eigentlich mit den USA los? Keine 3.000 Fälle. Gratulation! Noch ein Land, dem das Virus nichts anhaben konnte. Welch ein Trugschluss, aber das war heute nur eine Vorahnung.

Montag, 16. März 2020

Hokitika.

In der Nacht gingen stundenlang Wolkenbrüche nieder. Der Regen trommelte gegen die Fenster und auf das Dach. Sven wurde davon wach.

Virus: Nutze die frühe Stunde in nimm dein Handy in die Hand. Ich habe viel Neues bewirkt.

Sven folgte der Aufforderung und las, dass in Deutschland das öffentliche Leben zum Stillstand gekommen sei, keine kulturellen oder sportlichen Veranstaltungen mehr stattfänden, Schulen und Kindergärten geschlossen seien. Er fragte die Freunde, ob es ratsam sei, wie geplant zurückzukommen oder besser ein paar Wochen länger in Neuseeland zu bleiben? Ohne Zögern gingen die Antworten ein.

Freund-1: Verlängern, keine Frage!

Freund-2: In Neuseeland bleiben!

Freund-3: Wieso fragst Du, natürlich dortbleiben!

Ein Sammelsurium von Gedanken bildete sich in seinem Hirn und floss zu früher Stunde in die Tastatur:

Warum konnte man nicht einheitlich definieren, was eine Großveranstaltung ist?

Warum konnte man keine leer stehenden Hallen in provisorische Krankenhäuser umwandeln?

Warum war es nicht möglich, die Bundeswehr zur Unterstützung medizinischer Maßnahmen einzusetzen?

Warum wurden Masken weiterhin als völlig unnütz eingeschätzt?

Warum schaffte man nicht wenigstens eine konsistente Kommunikation?

Warum waren trotzdem noch einige Eisdielen und Cafés voller Menschen, die ohne Einengung das Frühlingswetter genießen wollten?

Sven las auch von Maßnahmen noch größerer Tragweite: Die ersten Grenzschließungen waren angeordnet worden. Es betraf Frankreich, Österreich, die Schweiz und Dänemark. Welch dynamische Wucht hatte das Leben in der Heimat in nur 14 Tagen verändert?

Zum Frühstück waren diese Entwicklungen wieder in weite Ferne gerückt, denn ein neuer ereignisreicher Tag lag vor den beiden Reisenden. Am Morgen war es windstill. Ideal, um noch einmal zum Lake Matheson zu fahren. Das Licht zum Fotografieren war tausendmal besser als am gestrigen Abend, also wurden alle Schnappschüsse erneut gemacht und die von gestern gelöscht. Sie umrundeten den See nur zum Teil, aber sie fanden die Stellen des perfekten Spiegelbildes.

Dann ging es weiter zum Nachbarort Franz Josef. Dort befand sich der zweite ehemals große Gletscher. Der Wanderweg dorthin war deutlich breiter, als der am Fox Gletscher, denn hier kamen die Buskarawanen an und spuckten ihre Fahrgäste in Richtung Eisfeld aus. Gewaltige Geröelllawinen, die breite Schneisen in die steilen Hänge geschlagen hatten und nur Skelette von zerbrochenen Bäumen hinterlassen hatten, prägten diesen Weg. Gesäumt wurde er von einer Handvoll schmaler aber sehr hoher Wasserfälle. Den Gletscher bekamen sie auch hier nur aus der Ferne zu sehen. Es gab drei geschickt angebrachte Aussichtspunkte auf ihn. Die Majestät vergangener Zeiten war dahin. Zudem hatte sich ein leichter Grauschleier auf das Eis gelegt. Jacinda Ardern, Neuseelands Premierministerin, mache die australischen Waldbrände der vergangenen Monate dafür mitverantwortlich, erfuhren sie von einem Kenner der politischen Lage. Überhaupt stünde es um das Verhältnis der beiden Länder nicht besonders gut.

Ihre Fahrt ging weiter nach Norden. Unterwegs befanden sich ein paar Orte, in denen vor Hundert Jahren erfolgreich nach Gold gesucht wurde. Der Ort Ross war eines von mehreren kleinen

Goldgräberdörfern, das zu einem Spaziergang einlud. Unterwegs traten die Berge teilweise weit ins Hinterland zurück, um auf endlosen Wiesen Schaf- und Rinderzucht zu ermöglichen. Eine große Gruppe von mehreren Hundert Rindern zog über einen schmalen Pfad gemächlichen Schrittes einem Ort entgegen, an dem sie vom Inhalt ihrer prallen Euter befreit wurden. Wie auf nahezu allen Straßen waren auch hier permanent Reparaturarbeiten im Gang. Ampeln brauchte man nur in den seltensten Fällen. Ein meist wild aussehender barttragender Mann hielt das Stopp-Go Schild und dreht es in Absprache mit seinem Kollegen am anderen Ende der Baustelle, auf die richtige Seite. Bei Grün streckte er elegant schwingend jedem Fahrzeug seine freie Hand entgegen, wobei schlussendlich vier gespreizte Finger den eigentlichen Gruß ausmachten.

Ihr Ziel Hokitika erreichten sie am frühen Nachmittag. Die Lodge lag direkt am Meer. Sie bezogen ein traumhaftes Holzhäuschen. Gleich unterhalb der Terrasse befand sich der Strand. Zeit und Raum zur Muse.

Beim Einchecken sprach das Virus durch den Mund der Frau an der Rezeption: Bitte lesen sie diesen Fragebogen zu ihrem Gesundheitszustand sorgfältig durch und füllen sie ihn vollständig aus, erst dann darf ich ihnen den Schlüssel geben. Es war das erste Mal, dass sie Corona auf formale Weise erlebten.

Sie kauften im gutsortierten Supermarkt New-World ein und verbrachten den Rest des Tages in ihrem Holzhaus. Den Sonnenuntergang erlebten sie mit einigen anderen gemeinsam direkt am Strand. Im Inneren der Anlage grasten drei blitzsaubere Alpakas. Als es dunkel wurde, gingen sie auf der anderen Straßenseite einhundert Meter den Berg hinauf in einen Wald. Tatsächlich leuchtete es überall in den Bäumen und an den Sträuchern. Millionen von Glühwürmchen verzauberten die Nacht. Die acht bis zehn weiteren Besucher flüsterten alle, obwohl lautes Reden dem Ritual nicht schaden würde. Flüstern passte aber viel besser zu diesem Schauspiel.

Die Gewohnheit des Zahlenvergleichs fiel auch heute Abend nicht aus. Weiterhin wurden 8 Fälle für Neuseeland gemeldet. War es angemessen, jetzt schon solche Fragebögen einzusetzen?

Dienstag, 17. März 2020

Oven River.

Virus: Aufwachen, es gibt bestimmt Neuigkeiten für Dich!

Warum war dieses dämliche Virus jeden Tag nach dem Wachwerden so penetrant?

Virus: Während der neuseeländischen Nacht ging der alte Tag in Deutschland zu Ende und bestimmt hast du Sorgen, das es bedrückende Nachrichten gibt.

Das Virus hatte recht. Neugierig und unruhig nahm Sven sein Handy, noch im Halbschlaf las er Zeile für Zeile die weiter angereicherte Liste der Restriktionen in Deutschland.

Ab heute blieben auch Theater, Saunen, Schwimmbäder, Clubs und Discos geschlossen.

Der Publikumsverkehr bei den Banken und im öffentlichen Dienst wurde stark eingeschränkt.

Alle Nord- und Ostseeinseln wurden für Touristen geschlossen, diejenigen die noch dort waren, mussten die Inseln umgehend verlassen. Durch den schon früher verordneten Lockdown in vielen anderen Staaten Europas (Spanien, Italien, Österreich, Frankreich, Dänemark) waren viele zu einem spontanen Corona-Urlaub an die deutsche Küste gereist.

Sven konnte auf die Frage, wann sie denn nun endgültig zurückkommen würden, keine abschließende Antwort geben. Er las, dass immer mehr Fluggesellschaften ihren Betrieb von einem auf den anderen Tag komplett eingestellt hatten. Wie es bei ihrem Flug in drei Wochen aussehen würde, konnte er im Moment wirklich nicht prognostizieren. Bei aller Normalität, die ein weiterer Freund noch immer zu beobachten glaubte, spürte er trotzdem, dass mehr und mehr Menschen vorsichtiger wurden und größere Abstände an den Kassen einhielten.

Das Frühstück ließen sie sich nicht von all diesen aufwühlenden Meldungen verderben. Mit Blick auf das Meer nutzten sie die Holzterrasse für ein üppiges Mahl. Dann setzten sie ihre Reise fort. Sie fuhren ein gutes Stück Weges nach Norden, immer an der Küste entlang, bis nach Shanty Town. Dort war ein altes Goldgräberdorf erhalten geblieben, dessen Ortskern stimmungsvoll restauriert worden war. Ein lohnenswerter Aufenthalt. Sie spazierten durch die beiden Dorfstraßen, schauten in eine Bäckerei hinein, besuchten die kleine Kirche, eine Zeitungsdruckerei, auch das Gefängnis, das nur zwei schmale Zellen hatte, eine Kneipe und viele andere Geschäfte. Innen waren sie alle liebevoll mit alten Utensilien ausgestattet. So also sah das Leben in der Goldgräberzeit aus. Freilich war es nur den erfolgreich Schürfenden vorbehalten, hier ihr gerade gewonnenes Geld wieder auszugeben. In der großen Festhalle wurde eine Veranstaltung vorbereitet, in der die Milchwirtschaft morgen ihre Prämien und Orden vergeben würde. Tische wurden eng aneinandergereiht aufgestellt, die Bühne dekoriert, die Tanzfläche präpariert. Es würde hier keinen 2-Meter Abstand geben. Aber es sollte auch noch gut eine Woche dauern, bis die Zwei zur magischen Zahl in Neuseeland wurde. Mit einer hundert Jahre alten Dampflok und zwei nicht jüngeren Waggons unternahmen sie eine kurze Fahrt, die sie im Schneckentempo ein Stück weit in die Bergwelt hineinführte. Dort befanden sich die Goldgruben. Die Lok fauchte, ruckelte und dampfte. Wer ein paar Dollar extra zahlte, durfte auch selbst noch mit einer Pfanne nach Gold suchen, ein Fund war garantiert.

Sehr spektakulär waren dann die Pancake-Rocks 50 Kilometer weiter nördlich. Es handelte sich um eine äußerst interessante geologische Formation von dicht aufeinandergeschichteten extrem flachen Gesteinsscheiben. Das Meer hatte sich an mehreren Stellen unter sie hindurch gebohrt und toste unentwegt mit gewaltiger Brandung durch die riesigen Löcher. Die Neuseeländer verstanden es ausgezeichnet, den Wanderweg so anzulegen, dass man wirklich die spektakulärsten Aussichten genießen konnte.

Schließlich bogen sie nach Osten ab, verließen die Tasmanische See und fuhren durch riesige Wälder, von denen große Flächen gerodet worden waren und manche davon gerade wieder aufgeforstet wurden. In der Mitte der 100 Kilometer langen Strecke befand sich das Rasthaus «Berlin», eine Gelegenheit sich mit Fish- und Beefburger zu stärken.

Ihr sehr einfaches Motel, von Chinesen betrieben, befand sich direkt an der Straße, auf der auch nachts ein paar LKWs unterwegs waren. Tagsüber sah man häufig Katzen oder ähnlich große Tiere auf der Fahrbahn liegen, die während der Nacht überfahren worden waren. Niemand räumte sie weg. Es waren genügend Vögel da, die das in wenigen Tagen erledigten.

Virus: Es sind 12!

Sven: Was solls, nur 4 mehr als gestern, das ist nichts.

Virus: Es sind 50 % mehr, als gestern!

Zu viele Zahlen, zu viele Interpretationsspielräume. Trotzdem warf Sven wieder einen Blick auf Deutschland. 9.300 Personen wurden als infiziert gemeldet. Es schien, als hätte man mit den strengen Maßnahmen zu lange gewartet.

Mittwoch, 18. März 2020

Pohara.

Das Frühstück in ihrem kleinen ungemütlichen Zimmer nahm nicht viel Zeit in Anspruch, dann waren sie wieder unterwegs zum nächsten Ziel. Die Nacht war kalt, die Heizung funktionierte nicht richtig. Deshalb fiel die Beschäftigung mit dem Corona-Virus heute Morgen aus. Freilich wurde sie am Nachmittag nachgeholt.

Sie machten einen ersten Stopp in Motueka und spazierten die Hauptstraße entlang. Nichts Besonderes, kein Grund für eine längere Pause. Unterwegs durchquerten sie große Obstanbaugebiete, vor allem Äpfel und Birnen wuchsen hier. Dann quälten sie sich in endlosen Kehren den Takaka-Pass hinauf. Auf der Strecke gab es eine kilometerlange Baustelle, an deren Ampel sie 15 Minuten lang warten mussten. Oben war ein schöner Weg angelegt, von dessen Ende sie einen weiten Blick auf den Abel Tasman National Park sowie das Meer bis vor Nelson hatten. Als sie in Pohara ankamen, war die Rezeption des Motels noch nicht besetzt. Sie fuhren ein paar Kilometer am Meer entlang und gingen dann in den kleinen General Store, um etwas zu essen zu kaufen. Es gab viel Fisch, allerdings war der größte Teil des Angebotes bereits vorbestellt, der Name der Kunden stand auf den aufgeklebten Etiketten. Nach dem Einchecken in eine wunderschöne Wohnung mit direktem Blick aufs Meer machten sie einen ausgiebigen Spaziergang entlang des Strandes, auf den unentwegt lang gezogene Wellen zurollten. Oben standen einige stattliche Villen, unten ließen ein paar Einheimische ihre Hunde laufen. Der frisch zubereitete Fisch schmeckte vorzüglich und der Wein ebenso. Auf dem Balkontisch trockneten Dutzende Muschelschalen, die Ling eingesammelt hatte.

Virus: Es wird Zeit, Dich mit mir zu beschäftigen!

Sven: Verschwinde!

Virus: So redest du nicht mit mir. Zu viel ist geschehen, ihr müsst bald eure Pläne ändern. Ich werde nicht zulassen, dass eure Reise so unbeschwert weitergeht.

Das Virus hatte leider recht, denn das, was Sven las, klang nicht gut.

Die Zahlen in Italien waren alarmierend hoch, Deutschland und Frankreich lieferten sich ein Kopf-an-Kopf Rennen um einen Platz unter den Top Ten der Länder mit den meisten Infizierten. Das Auge streifte die Zahl für Neuseeland. Sie war auf 20 gestiegen, von 12. Da lag etwas in der Luft. In Deutschland waren sie inzwischen bei 12.300 angekommen.

Sven: Kein Anlass zur Sorge.

Virus: Doch, glaubst du immer noch, dass ihr wie geplant nach Zürich fliegen und von dort mit dem Zug nach Deutschland fahren könnt?

Neben den aus den Medien entnommenen Informationen trafen weitere Updates von den Freunden ein. Im Stakkato-Tempo flogen die Zeilen an seinen Augen vorbei:

Einreisestopp für Nicht-EU-Bürger.

Gesperrte Flughäfen, annullierte Flüge, kaum noch neue Flugangebote.

Die Gesellschaft werde auf null herunter gebremst, in vielen Ländern war die Einreise für Deutsche bereits verboten.

Hoffentlich würde Neuseeland nicht auch zum Krisengebiet und dann alle Fremden rauswerfen. Das klang nicht mehr entspannt. In Svens Wohnort war der erste Infektionsfall nachgewiesen worden.

Der Einreisestopp für Nicht-EU-Bürger war eine Nachricht, die Sven und Ling direkt betraf. Er fragte besorgt nach und bat um Klarstellung, die auch prompt eintraf. Das Einreiseverbot gelte für

Ling nicht, weil sie einen langfristigen Aufenthaltstitel habe. Das sei eine der wenigen Ausnahmen. Das beruhigte Sven, doch er ahnte ein Problem, das gelöst, zumindest abgemildert werden musste. Lings Aufenthaltstitel war zwar schon vor vier Wochen genehmigt worden, doch sie hatte das eAT, das reale Dokument, vor der Reise nicht mehr bekommen. Sven hatte immerhin Kopien wichtiger Unterlagen mitgenommen. Zum einen ein Schreiben der Ausländerbehörde, zum anderen den Zahlungsbeleg für die Ausstellung des eAT. Ob das der Bundespolizei bei der Einreise in Frankfurt reichen würde? Am kommenden Montag würden sie in Wellington sein. Sie planten, dort zur Botschaft zu gehen, um irgendein geeignetes Ersatzdokument für den eAT zu bekommen.

Später erfuhr er noch, dass sie den geplanten Stopover in Qatar ausfallen lassen mussten, weil auch Qatar die Einreise für alle Ausländer untersagt hatte. Schließlich ging eine weitere Nachricht ein, die später unter Umständen von Relevanz werden konnte: Das Auswärtige Amt wolle eine weltweite Rückholaktion deutscher Urlauber starten. Dafür habe es eine Webseite eingerichtet, auf der man sich registrieren solle, wenn man im Ausland war. Sie trug den schönen Namen ELEFAND (Elektronische Erfassung von Deutschen im Ausland). Der heutige Versuch, sich darin einzutragen, scheiterte, da die Seite nicht erreichbar war. Irgendein technisches Problem. Nun ja, dann eben morgen.

Donnerstag, 19. März 2020

Picton.

Noch vor dem Frühstück rief Sven bei Qatar Airways an. Er erhielt gute Nachrichten. Zuerst wurde ihm bestätigt, dass Qatar weiterhin den Transit in Doha ohne Einschränkung erlaube, schließlich wurde ihm auch zugesichert, dass es im Moment keine Pläne gäbe, den Flugbetrieb einzustellen. Im Moment. Immerhin. Er konnte den Flug nach Hause umbuchen. Jetzt würden sie nach dem Transit in Doha direkt nach Frankfurt fliegen und nicht mehr über Zürich. Das brachte ein Stück weit Sicherheit in ihre Planung.

Während Ling das Frühstück vorbereitete, war Sven weiterhin mit dem Handy beschäftigt. Benachrichtigungen lesen, Antworten schreiben, Fragen stellen. Der Familie ging es gut, alle waren gesund. Einer seiner Neffen, ein Lehrer, versuchte nun mehr recht als schlecht per E-Mail den Unterricht fortzusetzen. Ein anderer Neffe saß auf absehbare Zeit im Homeoffice. Sven rief wieder die Krisenvorsorgeliste der Bundesrepublik auf. Dieses Mal gelang es und er registrierte sich und Ling. Eine Minute später kam vom Auswärtigen Amt die Bestätigung per E-Mail, dass sie sich erfolgreich in ELEFAND eingetragen hatten.

Freund-1: In Stuttgart sind die Test-Sets ausgegangen.

Freund-3: Auf der Zugspitze drängen sich die Skifahrer trotz Verbots und offizieller Beendigung der Skisaison.

Freund-2 ergänzt: Talkshows und sonstige Shows finden ohne Zuschauer statt.

Vor dem Frühstück hörte er sich noch die Rede der Bundeskanzlerin an die Nation an: Die Lage sei sehr besorgniserregend, aber nicht ernst genug für einen Lockdown, sagte sie. Die Menschen sollten noch mehr Abstand voneinander halten, überhaupt seien es die Bürger, die alles selbst in ihren Händen hielten.

Freund-1 kommentierte: Mit anderen Worten, wenn es schiefgeht, dann ist es die Schuld der Bürger, nicht die der Regierung.

Sven: Besonders beeindruckt war ich von ihrem Vorschlag, dass Enkel wieder Briefe an ihre Großeltern schreiben sollen, weil die Post ja weiterhin ausgetragen werde. Sie gab beeindruckende Ratschläge, wie die Digitalmacht Deutschland die virtuelle Kommunikation gestalten könne. Das hatte ihn sehr beruhigt.

Sie genossen ihr Frühstück mit Blick aufs Meer in ihrem Motel im einsamen Pohara. Nur zwei weitere Fahrzeuge standen auf dem Parkplatz. Die Fahrt Richtung Picton ging eine halbe Stunde durch flach ansteigendes Farmland. Nahezu kein weiteres Auto war unterwegs. Die Straße stieg stetig bis zum Takaka-Pass an, den sie dieses Mal von der anderen Seite überquerten. Sie kamen wieder durch Motueka und bogen dann vor Nelson nach Norden ab. Plötzlich war die Straße, die oft am Meer entlangführte, voller LKWs. Sie kamen von den Fährhäfen und brachten Versorgungsgüter von der Nordinsel. In Nelson verzichteten sie auf einen Stopp, dafür stiegen sie in Havelock aus. Ein kleines Städtchen am Ende einer Bucht eines Fjordes. Hunderte von Segelyachten ankerten hier. Es gab ein paar Restaurants. In einem bestellten sie Fish & Chips. Nachdem das Mahl frisch zubereitet worden war, brachte der Chef des Hauses die Ladung nach draußen, wo sie an einem Holztisch darauf warteten. Er legte ein riesiges, in dickes Papier eingewickeltes Bündel vor sie hin. Sie schafften kaum die Hälfte. Die andere nahmen sie mit zum Auto für den Abend.

Anstelle der Hauptverbindungsstraße fuhren sie über eine kurvenreiche Nebenstraße nach Picton. Immer wieder ergaben sich herrliche Blicke auf die Fjorde. Sie sahen gewaltige Berghänge, an denen kein Baum mehr stand, alles war gerodet worden. Kurz vor Picton gab es einen Weg, von dem aus sie den ein- und ausfahrenden Schiffen der Bluebridge und Interislander Cook Strait Ferry zusehen konnten. Ein schönes Schauspiel, weil sowohl ein Schiff gerade abfuhr, als auch ein anderes ankam.

Sven: Hey, Corona-Virus, wo bist du heute Nachmittag?

Sven gab sich ganz entspannt, aber schon beim Einchecken im Hotel im Stadtzentrum, meldete es sich zur Stelle.

Virus: Füllen sie bitte diesen Gesundheitsfragebogen aus. Ein Bogen pro Person.

Sie kannten die Fragen bereits von Hokitika.

Virus: Bitte auch die Rückseite.

Der Bogen war umfangreicher. Das Ankunftsdatum in Neuseeland und sogar Nummer des Fluges und des Sitzplatzes mussten hier eingetragen werden.

Keine zwei Minuten später war das Virus wieder zur Stelle. Zwei Amerikaner kamen an. Sie waren gerade erst eine Woche im Land und hatten deshalb noch die Auflage der Selbstisolation zu erfüllen. Sie durften zwar im Hotel absteigen, aber jeglicher Kontakt mit dem Personal war untersagt, sodass es für sie keinen Zimmerservice gab.

Ein Spaziergang entlang der Uferpromenade schloss sich an. Ein Glas Wein in einer Bar, die draußen Liegestühle mit Blick aufs Wasser aufgestellt hatte, beschloss den Tag.

Virus: Nein, der Wein beschließt den Tag noch nicht, dafür sorge ich.

Das Virus bestimmte, was Sven als Nächstes machte. Er wurde in den Social-Media-Kanälen aktiv. Er schrieb eine Anfrage an das Auswärtigen Amt, um Klarheit über die Einreisebestimmungen für nicht EU-Bürger zu bekommen. Nehmen wir es vorweg, die Antwort kam am Folgetag per E-Mail von der Deutschen Botschaft in Wellington. Sie bat um Verständnis, dass sie ihm aufgrund der besonderen Dynamik der Entwicklung sowie der Vielzahl von Anfragen derzeit nur allgemeine Hinweise geben könne. Es folgte die Aufforderung, sich in ELEFAND und zusätzlich auf der Webseite www.rueckholprogramm.de zu registrieren. Schließlich waren eine Menge Links zu weiterführenden Informationen angehängt.

Heute Abend sah sich Sven zum ersten Mal eine Pressekonferenz von Jacinda Ardern, Neuseelands Premierministerin, an. Sie beeindruckte ihn. Eine Frau, die klare Ziele hatte und deutlich kommunizierte, wie diese erreicht werden sollten. Natürlich merkte er sich ein paar Kennzahlen. Neuseeland meldete eine Zunahme auf 28 Infizierte, die Steigerung in Deutschland war deutlicher, es waren bereits 15.300 Menschen mit dem Virus befallen.

Freitag, 20. März 2020

Picton.

Noch vor dem Frühstück überprüfte Sven ihre Daten in der ELE-FAND-Liste und nahm einige Aktualisierungen vor. Anschließend wollte er sie auch für das Rückholprogramm anmelden, allerdings ließ sich die Webseite nicht aufrufen. Das war nicht weiter überraschend, ebenso wenig wie die Tatsache, dass die beiden Listen nichts miteinander zu tun hatten und schon gar nicht eine gemeinsame Datenbasis nutzten. Auf der Seite des neuseeländischen Gesundheitsministeriums wurde noch einmal deutlich darauf hingewiesen, dass alle Ausländer, die gegen die seit dem 16. März verbindlich vorgeschriebene Pflicht zur Selbstisolation verstießen, umgehend das Land verlassen müssten. Sven schrieb eine weitere E-Mail, dieses Mal direkt an die deutsche Botschaft in Wellington, um Sicherheit zu bekommen, dass Ling und er gemeinsam nach Deutschland zurückkehren durften.

In dem etwas heruntergekommenen Hotel hatten die Zimmer keine Küchenzeile. Sie aßen daher nur ein kaltes Frühstück. Dann machten sie eine Fahrt ins nahe gelegene Weinbaugebiet Marlborough, dem größten auf der Südinsel. Sie hielten an zwei Weingütern an, aber wegen der gerade begonnenen Weinlese waren viele der Wanderwege gesperrt. Ling kaufte sich eine schöne Maori-Kette mit einem grünen Stein. In der riesigen Ebene waren zahlreiche große Weinbaubetriebe angesiedelt, deren Rebflächen wegen der Weinlese durch Zäune gesichert wurden.

Zurück in Picton gingen sie zum Fährterminal und schauten sich den Ablauf an. Am Nachmittag fanden sie eine kleine Bäckerei, in der leckerer Kuchen noch selbst gebacken wurde. Die Kunden hielten Abstand voneinander. Im Hotel lies Sven vorsichtshalber alle wichtigen Dokumente, die er mitgenommen hatte, ausdrucken. Es handelte sich um die Wohnsitzbescheinigung, das Schreiben des Ausländeramtes sowie ihre Heiratsurkunde. Es war besser, sie bei Bedarf physisch vorzeigen zu können.

Am Abend tankten sie den Wagen voll, dann ließen sie sich Pizza und Wein schmecken. Die Leute hielten plötzlich auch im Restaurant Abstand, die Anordnung der Tische erleichterte es. Hatte es bereits irgendwelche Corona bedingten Anweisungen gegeben, die sie nicht mitbekommen hatten? Während der Tagestouren war das Virus immer noch weit weg, sobald sie in die Nähe mehrerer Menschen kamen, wurde es präsent. Eine wahrscheinlich unnötige Sorge, die sich aber nicht mehr verdrängen ließ.

Die Fallzahlen waren wieder gestiegen. Auf 39 in Neuseeland und 19.800 in Deutschland. Die Zahl in Neuseeland war absolut gesehen weiterhin sehr niedrig, aber es war zu spüren, dass die ständige Zunahme Folgen haben würde. Eine gute Nachricht erreichte sie heute vom Bürgeramt ihres Wohnortes. Der eAT für Wei Ling war eingetroffen. Eine Mitarbeiterin schickte ihnen ein Foto davon, das Sven ebenfalls sofort ausdrucken ließ. Zusammen mit den Kopien der anderen Dokumente sollte damit die Einreise in

Deutschland problemlos möglich sein. Weitere Informationen, die im Laufe des Tages eingingen, waren ebenfalls von Bedeutung. Neuseeland untersagte ab sofort die Einreise für Nicht-Neuseeländer. Es trafen auch erste Informationen zum Rückholprogramm des Auswärtigen Amtes ein: Priorität hätten Reisende aus «prekären» Ländern. Zu Neuseeland gäbe es noch keine konkreten Pläne. Grundsätzlich wurde darum gebeten, die Botschaft in Wellington nicht mit Fragen zu kontaktieren, man solle einfach abwarten. Ungeduldige wurden auf weiterführend Informationen auf der Webseite der Auslandsvertretung verwiesen. Nach den rasanten Veränderungen in den letzten Tagen blieben die Nachrichten von zuhause eher karg. Sven erfuhr, dass der Kanton Uri in der Schweiz eine Ausgangssperre für über 65-Jährige angeordnet hatte. Ein weiteres Indiz dafür, dass die Alten bei den kommenden Maßnahmen besonders im Fokus sein würden. Ansonsten wurde beobachtet, dass auf den Feld- und Waldwegen jetzt unter der Woche deutlich mehr Familien unterwegs waren, als zu normalen Zeiten, und alle großen Abstände voneinander hielten.

Samstag, 21. März 2020

Wellington. Neuseeland Tag 1 Corona Alert Level 2.

Am Morgen standen Neuigkeiten über das Rückholprogramm im Internet. 200.000 Deutsche müssten noch zurückgeholt werden, 10.000 schaffe man jetzt pro Tag. Das war eine beeindruckende Zahl, machte aber auch deutlich, dass es lange dauern würde, bis der Letzte ausgeflogen werden konnte. Neuseeland sei momentan noch nicht im Rückhohlprogramm enthalten, was nichts anderes bedeutete, dass im Moment keinerlei konkrete Flugtermine genannt werden konnten. Sven ging davon aus, dass im Hintergrund trotzdem schon Vorbereitungen getroffen würden.

Bei Auschecken sahen sie an der Rezeption eine große Gruppe spanischer Reisender.

Virus: Spanier! Gefahr!

Sie warteten auf eine Lücke, gaben den Zimmerschlüssel zurück und verschwanden rasch. Den Mietwagen stellten sie auf dem Hertz-Parkplatz ab, dem Angestellten in der Baracke nebenan händigten sie den Fahrzeugschlüssel aus.

Sie waren früh dran und gehörten zu den Ersten beim Check-in im Fährterminal. Vor dem Schalter, an dem die Bordkarten ausgegeben wurden, war eine Leine gespannt worden. »Bitte 2 Meter Abstand halten«, stand auf einem Schild. Auf dem Fährschiff befanden sich vor allem Eisenbahnwaggons und LKWs, dazu einige Busse. Die Zahl der Fuß-Passagiere lag bestimmt unter 60 und verteilte sich locker über zahlreichen Decks. Mehr Abstand ging nicht. Um 10:50 Uhr begann die Fahrt. 90 Minuten ging es über spiegelglattes Wasser durch fjordartige Meeresarme mit Blick auf eine reine Welt von sanften Hügeln, Buchten und ein paar winzigen Fischerdörfern. Auch für die verbleibenden 90 Minuten über die offene Cook-Strait blieb die See ziemlich ruhig. Sie saßen trotz des kühlen Windes die meiste Zeit auf dem obersten Deck. Kaum sechs weitere Personen hielten es hier aus. Die reine Seeluft war absolut Corona frei.

Virus: Der Herr dort hinten, der ständig hustet, ist vielleicht von mir infiziert.

Sven: Wieso? Nur weil er Schweizerdeutsch spricht?

Virus: Hast du vergessen, dass ich schon in Zürich bei euch war?

In Wellington mussten sie mit dem Aussteigen warten, da das Fußgängerterminal wegen Reparaturarbeiten nicht genutzt werden konnte. Das Personal verteilte aus einem Korb süße Candys. Dann stand ein doppelstöckiger Bus auf Ebene 4, dem Auto Deck, bereit und brachte sie an Land. Die Koffer rollten schon auf dem Ausgabeband und auch den neuen Mietwagen konnten sie rasch übernehmen. Wieder ein Toyota Corolla, dieses Mal in Silbergrau.

Die Fahrt zum Hotel, das nahe beim Stadtzentrum lag, führte über zahlreiche Umwege wegen der Baustellen quer durch die Stadt, die auf unzähligen Hügeln angelegt war. Das Hotel hatte eine kerkerartige Tiefgarage und das Zimmer war klein und ungemütlich. Beim Einchecken fragte das Virus durch den Mund des Mitarbeiters an der Rezeption als Erstes, ob sie ausreisen wollen? Es wirkte wie ein Hammerschlag. Zum ersten Mal wurde Corona zur spürbaren Bedrohung.

Der Himmel war bedeckt und es fing leicht zu nieseln an. Trotzdem erkundeten sie das Stadtzentrum und die Uferpromenade. Nichts war ansprechend, eine unansehnliche Architektur. Die hin und wieder ins Auge fallenden kolonialen Gebäude erwiesen sich als Fälschung. Lediglich die Fassade war entsprechend gestaltet worden. An der Warf tummelten sich ein paar coole Skateboarder, es gab einige teure Restaurants. Sie entschieden sich für eine Pizzeria.

Vor dem Bestellen legte ihnen das Virus eine Liste auf den Tisch: Bitte hier beide Namen, E-Mail und Adresse eintragen.

Die Bedienung achtete darauf, dass die wenigen Gäste weit voneinander entfernte Tische benutzten.

Heute waren in Neuseeland insgesamt 52 Fälle gemeldet. Als sie ins Hotel zurückkamen, erhielten sie die Information, dass die Regierung Alert Level 2 (von 4) ausgerufen hatte. Sven suchte im Internet nach weiteren Hintergründen und fand folgende Definition für das Alert Level 2:

„Where the disease is contained, but the risks are growing because we have more cases. This is when we move to reduce our contact with one another, we increase our border measures and we cancel events. This is also the level where we ask people to work differently if they can, and cancel unnecessary travel."

Er war beeindruckt, wie man diese Krise und die zur Bekämpfung erforderlichen Maßnahmen so klar und systematisch beschrieb. Um wie viel komplizierter und konfuser würde das momentan wohl in Deutschland angegangen?

Für die beiden war eine Anordnung darin besonders wichtig: reduce non required travel! Urlaubsfahrten sollten also auch reduziert werden. Die neuseeländische Regierung, so Svens Eindruck, wartete mit strikteren Maßnahmen nicht, bis das Kind in den Brunnen gefallen war. Vom ersten Infizierten an analysierte das Gesundheitsamt sehr akribisch die Herkunft der Fälle. Alle 52 hatten einen Reisehintergrund, hatten das Virus aus dem Ausland eingeschleppt.

Die Regierung hatte bereits eine Corona-Webseite eingerichtet, auf der Sven die Aufzeichnung der Pressekonferenz mit Jacinda Ardern fand. Sie nannte mit klaren Worten sehr präzise die Gründe für die Entscheidung, erste Einschränkungen schon jetzt zu verordnen. Neuseeland sei ein kleines Land, sagte sie, absolute Fallzahlen müssten daher immer ins Verhältnis zur Gesamtbevölkerung gesetzt werden. Das seien, wie jeder weiß, weniger als 5 Millionen. Dann kam ihr entscheidender Satz: „Italien hatte vor nicht langer Zeit auch nur 100 Fälle." Mehr musste sie nicht sagen. Journalisten hatten viele Fragen, aber niemand kritisierte die Entscheidung.

Sven stornierte die zweite Nacht in Wellington. Das Hotelmanagement hatte vollstes Verständnis dafür und verzichtet auf die normalerweise fällige Stornogebühr. Sie würden morgen in die Mitte der Nordinsel fahren, sodass sie von dort jederzeit in einem Tag am Flughafen Auckland sein könnten. Es war ihnen völlig klar, dass Alert Level 2 nicht die höchste Stufe sein würde.

Sonntag, 22. März 2020

Taupo. Neuseeland Tag 2 Corona Alert Level 2.

Sie nahmen ein Standardfrühstück im Hotel ein, dann holte Sven den Wagen aus der schummrigen Tiefgarage und steuerte ihn vorsichtig durch einen Haufen Gerümpel nach draußen. Bald waren sie auf dem Highway Nummer 1 Richtung Norden unterwegs. Nach einer halben Stunde, die Ausläufer Wellingtons lagen gerade hinter ihnen, spielte das Navi ein Verwirrspiel mit ihnen. Die riesigen Baustellen auf der Autobahn waren ihm unbekannt, immer wieder wollte es sie auf Straßen und Abfahrten führen, die es nicht gab. Nach Rückfrage an einer Tankstelle und bei einem Einheimischen in einer Seitenstraße waren sie endlich zurück auf dem richtigen Weg. Es war hügelig und ging eine Weile am Meer entlang. Meist regnete es. Später als der Regen nachließ, hielten sie an einigen Aussichtspunkten an. Im kleinen Kaff Taihape kauften sie etwas ein, später in Taupo ergänzten sie ihren Vorrat.

Am frühen Nachmittag begrüßte sie die freundliche Eignerin des Motels in Taupo. Sie hatten sie vom Sofa gerissen und ihre Netflix-Serien unterbrochen. Außer ihnen würde heute nur noch ein weiteres Paar hier übernachten, sagte die Frau. Die kleine Wohnung im Motel war wunderschön gelegen, gut eingerichtet, blitzsauber und hatte obendrein einen Whirlpool. Von der Terrasse war der Lake Taupo zu sehen, über dessen Wasser immer noch schwere graue Wolken hingen. Nur der Kühlschrank hatte ein kleines Manko. Die Flaschenhalterung an der Innenseite Tür war viel zu niedrig angebracht. Als Sven sie mit Schwung aufmachte, flog die für den Abend vorgesehene Flasche Chardonnay heraus auf den Fliesenboden und der ganze schöne Inhalt floss in den Teppich und ergoss sich über die Steine. Nun gut, der Supermarkt war nicht weit entfernt, er fuhr rasch zurück, während Ling das Abendessen zubereitete, und kaufte eine neue Flasche. Sie aßen Fisch und machten sich langsam Sorgen über den weiteren Ablauf.

Virus, durchaus konstruktiv: Ihr solltet gut überlegen, was ihr jetzt macht.

Die Zahlen aus China, die immer mehr Geheilte und kaum noch Neuinfektionen meldeten, nahm Sven fast gar nicht mehr zur Kenntnis, die hatten momentan keine Bedeutung für ihn. Für Ling allerdings schon. Freude und Stolz darüber waren nicht zu übersehen. Die Werte aus Europa, insbesondere Italien, Spanien und das Kopf-an-Kopf Rennen zwischen Frankreich und Deutschland studierte Sven schon seit Tagen, aber die Berichte über die dort bereits beschlossenen oder geplanten Maßnahmen las er nur oberflächlich. Das war momentan so weit weg. Früh genug würden sie damit konfrontiert werden.

Am Abend klopfte die schrullige aber überaus vornehme Dame des Hauses an die Tür, um ihnen anzubieten, für einen Sonderpreis so lange zu bleiben, wie sie wollten. Alle anderen Einrichtungen und Zimmer ihres Motels würde sie übermorgen schließen. Morgen würde es eine wichtige Mitteilung der Regierung geben, doch sie wüsste schon jetzt, dass ihr Geschäft mit den Touristen für längere Zeit zum Erliegen kommen würde. Sie würden es sich überlegen und dankten herzlich für das freundliche Angebot, war Svens Antwort.

Die Botschaft in Wellington informierte über ihre Webseite, dass die Registrierung für das Rückholprogramm jetzt vorgenommen werden könne, weil mithilfe von SAP innerhalb kürzester Zeit ein neues Programm dafür zur Verfügung gestellt worden war. Na dann, dachte Sven nach dem Essen, registriere ich uns mal. Tatsächlich ließ sich das Programm ohne Weiteres öffnen und er gab seine Daten ein. Name, Geburtsdatum, Passnummer, Aufenthaltsland, präferierter Abflug- und Ankunftsflughafen. Ein bisschen wenig Daten für eine maschinelle Planung der Rückholaktion, dachte er. Nun ja. In einem anderen Teil fanden sich Datenfelder für Mitreisende. Er trug Name, Geburtsdatum und Passnummer von Ling ein. Mehr stand nicht zur Verfügung. Ein zusätzliches Textfeld nutzte er, um ihren aktuellen Aufenthaltsort einzutragen. Das war sicher eine nützliche Information für das Planungsteam, dachte er. Nach dem Absenden wartete er auf die Bestätigung per E-Mail, die aber nicht eintraf. Also dann sieh dir die Daten einfach noch mal an, steuerte ihn sein Gehirn. Doch das war nicht möglich. Das Virus hatte doch nicht auch das Team der Programmierer befallen? Weil er unsicher war, aber auf jeden Fall im Rückholprogramm registriert sein wollte, fing er von vorne an, mit dem gleichen Ergebnis. Nach einem dritten Versuch gab er für heute auf. Später erfuhr er, dass viele andere verzweifelte Leute ihre Daten auch mehrfach, manche ein Dutzend Mal eingegeben hatten. Alle aus dem gleichen Grund. Er kannte die Problematik und wusste schon jetzt, dass die Botschaft mit den Daten wahrlich keinen leichten Job haben würde. Später am Abend traf noch die Nachricht ein, dass Emirates ab dem 25. März weltweit alle Flüge einstellen würde. Das ließ viele Leute in Neuseeland stranden, denn Emirates war eine der am meisten genutzten Airlines, um aus Europa hierherkommen.

Eher nebensächlich war die Beobachtung, dass die täglichen Werte des RKI und der JHU wieder signifikante Abweichungen voneinander aufweisen. Nun, für die europäischen Länder war das wegen der hohen Zahl ohnehin nicht mehr wirklich von Bedeutung und Neuseeland wies keine Unterschiede auf. Die hiesigen Ämter hatten kein Problem damit, exakte, konsistente Zahlen einmal am Tag zu melden. Es waren bereits 102 geworden, während Deutschland nahezu 25.000 Infizierte zählte.

Montag, 23. März 2020

Napier. Neuseeland Tag 1 Corona Alert Level 3.

In der Nacht hatten sie sich Gedanken über den weiteren Ablauf ihrer Reise gemacht. Sie wollten die wenigen Tage des freien Umherfahrens nutzen, um wenigstens einen Teil der Nordinsel zu sehen. Deshalb lehnten sie das Angebot der netten Lady ab und machen sich auf den Weg. Ihr heutiges Ziel war Napier an der Ostküste.

Der Lockdown stehe kurz bevor, gab sie ihnen mit auf den Weg. Im Laufe des Tages würden wichtige Entscheidungen kommuniziert. Sie sollten daher häufiger einen Blick auf die Webseite der Regierung werfen.

Nach dem Frühstück spazierten sie auf dem Uferweg des Lake Taupo entlang. Noch regnete es ein wenig, aber etwas vom Ort wollten sie schon sehen. Sie spazierten am Yacht Club vorbei, dann durch den Riverside Park. Sie fuhren weiter zu den Craters of the Moon. Als sie eintrafen, es waren gerade einmal fünf Kilometer von Ortszentrum, kam sogar ein bisschen Sonne durch die Wolken. Für ein kleines Eintrittsgeld machten sie sich auf den 1-stündigen Rundweg, ohne genau zu wissen, was sie erwartete. Die Überraschung war umso größer. Sie spazierten durch eine wahrlich außerirdische Landschaft, über der die Schwaden der Gasnebel hinwegzogen, die aus Dutzenden Erdlöchern aufstiegen. An manchen Stellen stank es nach Schwefel. Besonders beeindruckend waren die Schlammlöcher. Sie blubberten laut und das Austreten der Gase erzeugte ein unheimliches Zischen. Vielleicht zehn weitere Besucher waren hier unterwegs, zu normalen Zeiten würden es Hunderte sein.

Es ging weiter zu den ganz in der Nähe gelegenen Huka Falls. Durch eine enge Schlucht toste der Fluss, um an deren Ende nicht sehr tief aber mit gewaltigem Donner herauszuschießen und in einen breiten Flusslauf überzugehen. Der Parkplatz war schon geschlossen, aber man durfte das Auto noch an der Straße abstellen. Eine Handvoll Leute sahen sich das Schauspiel ebenfalls an.

Dann waren sie auf der Straße nach Napier an der Pazifikküste. Zunächst ging es durch eine schier endlose Hochebene, in der gewaltige Mengen von Bäumen gefällt worden waren. Sanft-grünes Hügelland schloss sich an, um schließlich in der Ebene in ein Obst- und Weinbaugebiet überzugehen. Sie tankten den Wagen auf und erreichten ein wunderschönes großes Motel, direkt an der Ufer- straße gelegen, mit einem geräumigen Balkon, der zum Meer zeigte. Sie waren an einem gespenstisch wirkenden Ort angekommen. Nur drei weitere Autos standen auf dem Parkplatz. An der Rezeption wurden sie emotionslos darüber informiert, dass das Motel über- morgen schließen werde, so wie alle anderen Unterkünfte im Ort auch. Es gäbe zwei Gründe, weshalb die Motels ihren Betrieb ein- stellten, erfuhr Sven von der Angestellten. Keine Kunden mehr, sei der eine, die Angst des Personals vor Ansteckungen durch das Vi- rus der andere. Ein amerikanisches Ehepaar traf ein. Sie hatten ein Zimmer über Airbnb gebucht, wurden aber vom Eigentümer, der sein Haus schon heute schloss, rausgeworfen. Sie waren ratlos, wie es weitergehen sollte. Ein neuseeländisches Rentnerpaar war besser dran. Es hatte ihre Reise bereits abgeschlossen und wollten morgen mit ihrem Mietwagen nach Wellington fahren und von dort nach Christchurch fliegen, wo sie wohnten. Einen Tag vor dem Lock- down würden sie zuhause sein.

Premierministerin Ardern hatte am Nachmittag die Entschei- dungen verkündet. Seit heute war Neuseeland im Alert Level 3, ab Mittwoch 23:59 werde Alert Level 4 gelten. Gleichzeitig wurde der nationale Notstand ausgerufen. Sven fand auf der Webseite die De- finition des Level 3:

„Alert level three is where the disease is increasingly difficult to con- tain. This is where we restrict our contact by stepping things up again. We close public venues and ask non-essential businesses to close."

Entscheidungen wurden hier schnell getroffen. Alle Reisenden, Einheimischen, Geschäftsleute, kurzum alle, die sich im Land be- fanden, hatten etwas mehr als 48 Stunden Zeit, sich darauf vorzu- bereiten. Für Sven und Ling hieß das: Ende der Reise! Kein weiteres Sightseeing, keine neuen Orte und Gegenden erkunden, keine Res- taurants mehr aufsuchen, quasi Ausgangssperre, außer Einkaufen und Spazierengehen. Sie beschlossen, sich ab Mittwoch in ein Motel mit Küche in der Nähe des Flughafens von Auckland einzuquartieren, sich mit Lebensmitteln einzudecken und dort der Dinge zu harren.

Trotzdem genossen sie Kaffee und Kuchen auf dem Balkon und machten einen langen Spaziergang am schwarzen Pazifikstrand. Ein paar Jogger und Radfahrer waren unterwegs, dazu ein paar Leute mit ihrem Wohnmobil, die ihre Tische draußen aufgestellt hatten und kochten. Sonst war es bereits leer in Napier. Zwei Tagen später mussten alle ihre Vans zurückgeben, weil die Plätze mit Strom und Wasseranschluss ebenfalls geschlossen wurden.

Am späten Nachmittag fuhren sie zum Supermarkt und trafen zum ersten Mal auf eine lange Schlange von Wartenden. Heute lag eine Art Schwere über dem Land, das Lachen war verschwunden, schon gab es Einzel-Einlass, von Security-Personal überwacht. Eine Einheimische mit großen Zahnlücken erzählte ihnen, dass sie über eine Stunde ausharren musste, bis sie hinein durfte. Sven und Ling hatten Zeit, warteten und kauften Essen und Trinken für die nächsten drei Tage. Im Supermarkt spürten sie eine fiktive Bedrohung. Sie hasteten von einer Regalreihe zur nächsten, nur um rasch wieder draußen zu sein. Völlig irrational, aber was war jetzt noch vom Verstand gesteuert?

Am Abend war es noch warm genug, um auf dem Balkon zu essen.

Virus: Heute hat auch Etihad den Flugbetrieb komplett eingestellt und Singapore hat seinen Flughafen geschlossen.

Anti-Virus: Sie haben ihren Rückflug mit Qatar Airways gebucht.

Virus: Transit in Bangkok ist jetzt ausschließlich für diejenigen erlaubt, die ein aktuelles Gesundheitszeugnis inklusive eines negativen Corona-Tests vorlegen können.

Anti-Virus: Doha ist für den normalen Transit weiterhin geöffnet.

Sven informierte Familie und Freunde über die heutige Lage. Er schrieb ihnen, dass ab Donnerstag Polizei und Militär die Ausgangssperre überwachen würden, schilderte die Premierministerin als eine starke Persönlichkeit, die einen klaren Plan habe und von ihren Ministern und Berater zu 100 Prozent unterstützt werde. Zur

Lage der Touristen, die ja einen großen Teil des neuseeländischen Wohlstandes generieren, hatte Frau Ardern bisher nichts gesagt.

Am Abend rief Sven erneut bei Qatar Airways an, um die Möglichkeit eines früheren Rückfluges zu erfragen. Es gab eine, am 29. April, allerdings zu einem Aufpreis von 3.000 Euro pro Person. Er ließ alles beim Alten. Es war zu früh, um panische Entscheidungen zu treffen.

Die Zahlen waren heute Abend völlig nebensächlich. 102 Infizierte in Neuseeland, 29.100 in Deutschland. Sven und Ling waren unter der neuen Situation zufrieden mit ihrem Plan. Sie würden den Auflagen entsprechend handeln und dann einfach abwarten, was geschieht.

Dienstag, 24. März 2020

Rotorua. Neuseeland Tag 2 Corona Alert Level 3.

Ihr Schlaf war unruhig. Sie hatten für die kommende Nacht ein Motel in Rotorua gebucht, weil sie heute schon einen großen Teil der Strecke Richtung Auckland fahren wollten. Sie fuhren bereits um 9 Uhr, nach einem Frühstück auf dem Balkon, ein paar hundert Meter Richtung Stadtzentrum. Dort stellten sie ihr Auto auf einem Parkplatz mit Parkuhr ab, für deren korrektes Befüllen niemand mehr Interesse zeigte. Sie gingen durch drei Straßen des schönen Art-Deko Viertels, der neuen Innenstadt. An nahezu allen Läden klebte ein Schild mit der einfachen Aufschrift «Closed». Die Vorgaben des Lockdowns wurden schon zwei Tage vor Inkrafttreten umgesetzt. Ein paar Fußgänger verloren sich in den sonst quirligen Straßenzügen. Heute war die Innenstadt verwaist. Es war still. Im Shop einer großen Tankstelle wollten sie ein paar Lebensmittel einkaufen, aber er war schon geschlossen. Tanken konnte man noch, wobei das Bezahlen nur an einem kleinen Fenster möglich war. Den Innenraum durfte niemand mehr betreten.

Die Fahrt ging zurück nach Taupo, wo sie um 12 Uhr ankamen. Sie kauften rasch im dortigen Supermarkt ein, weil sie wussten, in welchen Regalen sich welche Waren befanden. Neben dem Üblichen auch einen großen Beutel Reis, eine Flasche Soja und chinesische Gewürze, Vorrat für mehrere Tage. Das Wetter war recht schön, sodass sie sich Zeit für einen Spaziergang entlang des Lake Taupo nahmen. Dann fuhren sie ohne weiteren Halt bis nach Rotorua. Ihr Motel war heute noch geöffnet. Es war leer. Nur ein weiteres Paar hatte sich für eine Nacht hier einquartiert. Die freundliche Frau an der Rezeption konnte nicht sagen, wie die Lage morgen in den Flughafen-Hotels und Motels sein würde. Sie wirkte deprimiert, weil sie in den nächsten Wochen keinen Umsatz haben würde, keine Einnahmen für mindestens einen Monat.

Premierministerin Ardern erläuterte am Nachmittag die Maßnahmen, die ab Donnerstag in Kraft treten würden, gab klare Anweisungen und war eindeutig mit dem, was sie von ihren Landsleuten erwartete.

»Stay home, be kind, break the chain of transmission.«

Einfach, klar, unmissverständlich.

Die Zahl der Infizierten lag bei 155, die meisten hatten das Virus aus dem Ausland eingeschleppt. Aber es gab jetzt auch erste Fälle der Infizierung innerhalb der neuseeländischen Gesellschaft. Die Zahl in Deutschland war auf 33.300 gestiegen.

Sven und Ling machten einen Spaziergang zum Stadtzentrum. Mitten drin befand sich ein großes Areal, aus dem es qualmte, stank und brodelte. Mystische Nebelschwaden lagen über dem ehemaligen Krater. Hatte niemand Sorge, dass diese vulkanischen Gase explodieren und die ganze Stadt zerstören würden? Der Ort war einer der Magnete für die Touristen. Heute waren sie die Einzigen, die dort herumliefen. Das Maori Village, ein bekanntes Freilicht-Museum, war schon geschlossen, man konnte aber die Außenanlagen noch durchstreifen. Besonders beeindruckend waren die großen weißen Gräber, die einen Meter über den Boden hinausragten. Die Promenade entlang des Sees war menschenleer. Nur im Park vor dem herrlich im Fachwerkstil erbauten Stadtmuseum liefen ein paar Leute herum, nicht mehr als zehn. Vor dem Museum war ein drei Meter hoher Zaun aufgestellt worden. Auf den Schildern stand «Closed». Englisch gepflegte Rasenflächen, majestätische Bäume und viele Blumen erzählten von einer heilen Welt. Auf dem

Rückweg passierten sie zwei große Hotels, Pullmann und Ibis. Beide hatten ihren Betrieb bereits eingestellt. Ein paar Linienbusse warteten an den Haltestellen. Einsam saßen die Fahrer auf ihren Sitzen, Passagiere waren weit und breit nicht zu sehen. Ein bisschen Entspannung fanden Ling und Sven im großen Pool des Motels, der mit heißem Thermalwasser gefüllt war. Anschließend brieten sie Fisch und aßen Kartoffeln mit Gemüse dazu.

Virus: Du wirst unruhig schlafen, Sven Neuland.

Es kam so pünktlich, wie das Sandmännchen aus Kinderzeiten.

Sven: Das ist nicht neu für mich.

Virus: Du musst die aktuellsten Nachrichten lesen.

Sven fand eine E-Mail vom Auswärtigen Amt: „Wir haben festgestellt, dass Sie leider in zumindest einem Eintrag in unserem Programm als Land "Deutschland", "Germany", "Alemania" oder "Allemagne" als ihren aktuellen Aufenthaltsort eingetragen haben. Stattdessen benötigen wir allerdings unbedingt an der Stelle die Angabe Ihres Aufenthaltslandes, das Sie am besten ausschließlich aus dem Drop-Down-Menü wählen und keinen eigenen Text eintragen". So merkwürdig diese Nachricht auch war, sie bewies, dass die Daten in der Rückhol-App angekommen waren. Und siehe da, plötzlich waren die Inhalte auch einsehbar und überdies änderbar. Sven überprüfte den Eintrag im Feld Aufenthaltsland. Neuseeland war dort zu finden. Was hatte das Auswärtige Amt gesehen? In einem Textfeld aktualisierte er ihren Aufenthaltsort.

Aufgrund des Hinweises eines Freundes rief er die Videothek von Phoenix auf. Dort kündigte Außenminister Maas an, dass es bald auch Ruckholflüge aus Neuseeland geben werde. Das stimmte sie optimistisch. Von der Botschaft kamen allerdings seit zwei Tagen keine neuen Informationen. Mittlerweile gab es eine Facebook-Gruppe der Gestrandeten. Diese wurde schnell zur zentralen Informationsquelle.

Sven überprüfte die Buchung des Motels in der Nähe des Airports in Auckland. Er hatte zunächst für fünf Tage reserviert. Die Buchung war nach wie vor bestätigt, aber trotzdem schlief er unruhig. Wie viel die Bestätigung Wert war, würden sie in zwölf Stunden wissen.

Mittwoch, 25. März 2020

Auckland. Neuseeland Tag 3 Corona Alert Level 3.

Ling war wie immer recht gelassen, aber Sven war unruhig, er wollte früh in Auckland ankommen. Falls ihr Motel doch geschlossen sein sollte, wollte er genügend Zeit haben, eine Alternative zu finden. Deshalb nahmen sie schon um 7:30 ein schnelles Frühstück ein. Ihre Nachbarn, die einzigen weiteren Gäste im Motel, das ab heute für mindestens vier Wochen schloss, brachen bereits um 8 Uhr auf. Sie waren Neuseeländer und mussten noch in den Süden der Nordinsel reisen, um rechtzeitig vor dem Lockdown zuhause zu sein. Um 8:30 Uhr fuhren Sven und Ling los. Der Autoverkehr war noch normal, aber der große 8-spurige Expressway, der Hamilton mit Auckland verbindet, war schon sehr leer. An den Steigungsstellen überholte er heute zehn andere PKWs, mehr als in den ganzen drei Wochen zuvor. Heute war keine Zeit für Muße am Steuer und Stopps unterwegs.

Virus: Glaubst du, dass das Motel geöffnet ist?

Sven: Wir werden sehen, ich weiß es nicht.

Ling: Unsinn, natürlich wird es geöffnet sein.

Virus: Vielleicht auch nicht.

Anti-Virus: Viele Leute werden in die Nähe des Flughafens fahren. Die Hotels müssen doch geöffnet bleiben. Wo sollen die Leute denn wohnen?

Immer wieder während der Fahrt steuerte das Virus seine Gedanken. Heute schon am frühen Vormittag. Das war neu. Das Best Western Motel war leicht zu finden, schon um 11:20 Uhr kamen sie an. Eilig gingen sie zur Rezeption.

»Ja, wir werden die ganze Zeit während des Lockdowns geöffnet bleiben, keine Sorge.«

Das indische Personal gab sich total entspannt. Große Erleichterung bei Sven. Es war die erwartete Aussage, fand Ling. Sie würden in der Zeit des Lockdowns ein Dach über dem Kopf haben. Das war das Wichtigste.

Sie machten sich per Google-Maps und Baidu-Maps mit der Gegend vertraut. Ein sehr großer Supermarkt war nur 1,5 Kilometer entfernt. Alles richtig gemacht.

90 Minuten sollten sie bitte warten, dann könnten sie schon ins Zimmer, in ihr Zuhause für die nächsten 3, 7, 12, oder wie viel Tage auch immer. Ling und Sven brachen zu einem Spaziergang zu einem Naturschutzgebiet auf. Er dauerte zwei Stunden. Es gab einige davon ganz in der Nähe, das würde die Isolation erträglicher machen, denn Spaziergänge an der frischen Luft waren weiterhin erlaubt. Das Einzige, was neben dem Einkaufen von Lebensmitteln nicht verboten war, sofern man in seiner «Bubble» blieb. Einige andere Ausländer waren auch in dieser Gegend zu sehen. Es gab Leute mit dem gleichen Schicksal, es gab viele davon. Deutsche, Engländer, Amerikaner, Spanier.

Dann bezogen sie ihr Studio. Es hatte ein Schlafzimmer, ein Wohnzimmer mit Küche und einem weiteren Bett sowie ein Bad mit Whirlpool. Sie waren in der ersten Etage, auf der sich zehn Apartments befanden. Es gab eine umlaufende Veranda mit Blick zum Innenhof und auf das kleinere Gebäude gegenüber.

Um 14 Uhr fuhren sie zum Supermarkt. Es war einer aus der bekannten PAK'nSAVE Kette. Sie kauften Essen für zwei Tage und tankten das Auto voll. Es wurde schon in Schlangen draußen gewartet, nur eine bestimmte Menge von Käufern durfte sich gleichzeitig im Laden aufhalten. Die Disziplin der Wartenden war vorbildlich. Leute mit Masken waren sehr zahlreich. Ling zog sich auch eine über, Sven zögerte heute noch, er wollte seine Masken für Deutschland aufbewahren. Dort würde er sie eher benötigen. Er blieb vorsichtig, denn Gesichtsmasken in Deutschland zu kaufen war momentan nicht möglich. Sie kauften vier Gläser Manuka-Honig, das würde ihr Mitbringsel sein, dazu Rindfleisch, Kartoffeln, Gemüse, Wein, Obst, Brötchen, Wurst, Käse, Butter, Tomaten und Kuchen. Sie wollten nicht jeden Tag in den Supermarkt, andererseits wollten sie auch nicht zu viel einkaufen, falls sie doch kurzfristig zurückfliegen konnten. Es war schwierig, eine Balance zu finden. Zurück im Motel war Erholung angesagt, durchschnaufen, entspannen. Das WI-FI war extrem langsam. Warum gerade jetzt, wo man es wirklich brauchte? Ling kaufte für drei Tage chinesisches

WI-FI. Es war so schnell, wie man es erwartete. Sven hatte keine Ahnung, wie es technisch funktionierte, Ling auch nicht, aber das war unbedeutend.

18:30 Uhr: Alarm auf jedem Handy! Ein Text wurde gesendet und gleichzeitig vorgelesen:

NATIONAL EMERGENCY MANAGEMENT AGENCY ALERT: From 11:59pm tonight, the whole of New Zealand moves to COVID-19 Alert Level 4.
This message is for all of New Zealand. We are depending on you.
Follow the rules and STAY HOME. Act as if you have COVID-19. This will save lives.
Remember:
Where you stay tonight is where YOU MUST stay from now on.
You must only be in physical contact with those you are living with.
It is likely Level 4 measures will stay in place for a number of weeks.
Lets all do our bit to unite against COVID-19.
Kia kaha.
Issued 25 March 2020 6:30pm.

Noch 6 ½ Stunden bis zum Lockdown. Im Fernsehen gab es Sondersendungen, Countdown to Lockdown. Neuseeland kam zum Stillstand. Alle Verhaltensmaßnahmen wurden erläutert. Es ging um die «Bubble», den kleinen Kreis der Leute, in dem man die nächsten vier Wochen verbringen musste. Eine «Bubble» konnte eine Einzelperson, ein Paar oder eine Familie sein. Niemand durfte während der nächsten vier Wochen aus seiner «Bubble» in eine andere wechseln und niemand durfte in die eigene «Bubble» hineingelassen werden. Es war gut, zu überlegen, mit wem man heute um Mitternacht zusammen sein würde. Man durfte mit Leuten einer anderen «Bubble» sprechen, wenn man mindestens 2-Meter Abstand einhielt.

Das Rindfleisch schmeckte ganz ausgezeichnet. Ling hatte es in Soja und Honig eingelegt.

Heute um Mitternacht gab es in Neuseeland 205 Infizierte. Mit diesem Wert begann der lange Weg, die Übertragung des Virus innerhalb der neuseeländischen Gesellschaft zu eliminieren. Das war das Ziel. Um 23:59 Uhr trat der nationale Notstand in Kraft, Alert Level 4, nur drei Tage nach Alert Level 3! Ohne Kompromisse.

»We have to!«, sagte die Premierministerin.

Heute waren die Zahlen aus anderen Ländern bedeutungslos, auch die aus Deutschland. Am Abend informierte Sven die Leute zuhause über ihre persönliche Situation und die politischen Entscheidungen.

Sven: Alles außer Lebensmittelläden, Apotheke und einigen Tankstellen ist geschlossen.

Familie: Und Bäckereien, Metzgereien, Restaurants?

Sven: Auch alle zu. Die Produktion ruht komplett, wo immer möglich, muss von zu Hause gearbeitet werden. Der gesamte medizinische Service läuft weiter wie bisher, Schulen, Universitäten und alle Freizeiteinrichtungen sind geschlossen, Kultur und Sportveranstaltungen abgesagt. Die Öffnungszeiten im Supermarkt wurden verkürzt, es gibt eine maximale Menge von Leuten, die in den Laden dürfen. Lange Schlangen bilden sich draußen. Alles wird streng kontrolliert.

Ein Freund war sich sicher: So rigorose Maßnahmen können nicht lange durchgehalten werden.

Würde er recht behalten?

Im Lockdown – Teil 1

Donnerstag, 26. März 2020

Auckland. Neuseeland Tag 1 Corona Alert Level 4.

Wieder wachte Sven zweimal in der Nacht auf. Jedes Mal griff er zum Handy. Am Morgen traf eine E-Mail von New Zealand Immigration ein. Sie bekamen die Information, dass alle Visa automatisch bis Ende September 2020 verlängert worden seien. Der Staat sorgte vor, war schnell bei der Umsetzung. Das war für den Fall der Fälle immerhin eine positive Nachricht. Dann studierte er noch einmal die Definition von Alert Level 4:

„This is where we have sustained transmission. This is where we eliminate contact with each other altogether. We keep essential services going, but we ask everyone to stay at home until COVID-19 is back under control. We have to focus on one simple goal – to slow down COVID-19. Slowing it down, means not having one big tidal wave of cases, but instead, smaller waves – groups of cases that we can manage properly as they arise. That means we reduce the impact on health, on jobs and on our economy. Some countries have successfully managed to do this – but it does mean we have to be ready to step up our action when we need to. The alert system will apply to the whole country for now, but as the pandemic continues levels may only apply to certain New Zealand towns or cities."

Am Vormittag machten sie einen Spaziergang Richtung Norden. Sie starteten am Motel, das Auto bliebt stehen. Sie verhielten sich vorbildlich. Hier lag ein Wohngebiet, in dem eher arme Leute zu leben schienen, viele Maori darunter. Auf dem Weg passierten sie riesige Friedhöfe und Grabstätten, an denen sogar die Nationalfahnen der Verstorbenen angebracht waren. Vor einem Grab saßen drei junge Maori-Männer in Gras. Wahrscheinlich war einer ihrer Angehörigen vor Kurzem gestorben. Sie schienen in ihren Gedanken verloren zu sein.

Ling drängte Sven, den Mietwagen zurückzubringen. Es machte keinen Sinn, ihn länger zu behalten, weil sie ihn ohnehin nicht nutzen durften. Frühere Rückgabe führte vielleicht zur Erstattung der nicht genutzten Tage. An der Rezeption erhielt Sven die Auskunft, dass es kein Problem sei, zur Rückgabestelle am Flughafen zu fahren, nur das Terminal selbst sei gesperrt. Man bot ihnen auch an, sich vom Motel Shuttlebus abholen zu lassen. Auf den vier Kilometern war keine Polizei zu sehen, es gab keine Absperrungen oder Kontrollen. Sie stellten den Wagen im Parkhaus, in der Hertz-Reihe ab. Am Ausgang war ein Schalter geöffnet. Sie gaben den Schlüssel zurück und der Mitarbeiter sagte ihnen, dass die nicht genutzten Tage auf jeden Fall erstattet würden. Sie entschieden sich, zu Fuß zum Motel zurückzugehen und spazierten fünf Kilometer entlang von Logistikzentren, Speditionen und großen Parkplätzen für Wohnmobile. Alle Plätze waren voll, alle Camper waren zurückgegeben worden. Man konnte erahnen, welche Einnahmeausfälle das für die Vermieter bedeutete. Unterwegs trafen sie ein paar andere Ausländer. Alle warteten, niemand würde zu normalen Zeiten durch diese Gegend laufen. Kaffee und Kuchen auf der Terrasse schlossen sich an, abends wieder Rindfleisch, Gemüse und Kartoffeln. Dieses Mal hatten sie das Fleisch stark in Manuka-Honig eingelegt, was ihm einen hervorragenden Geschmack verlieh. Abends führten sie ein Gespräch mit einem jungen spanischen Paar, das zwei Zimmer weiter wohnte. Es war auf Hochzeitsreise. Ursprünglich wollten sie am 1. April zurückfliegen, aber Qatar Airways hatte diesen Flug annulliert. Immerhin wurden sie auf den 4. April umgebucht. Sie hatten also eine Perspektive. Sie würden über London nach Madrid fliegen und hofften, dass der Transit in

Großbritannien problemlos vonstattengehen würde. Vor allem aber erwarteten sie, dass Qatar Airways den Flugbetrieb aufrechterhielt. Das wünschten sich auch Sven und Ling herbei. Es fuhren noch ein paar Autos durch die Gegend, aber Neuseeländer waren kaum auf der Straße zu sehen.

In ihrem Motel lernten sich die Gestrandeten oberflächlich kennen. Sie redeten miteinander über die Lage und wer welche Informationen bekommen hatte. Es waren kurze Gespräche und jeder hoffte, bei den ersten zu sein, die zurückgeholt würden.

Heute gab es neue Informationen von der Botschaft. Auf Facebook, nicht per E-Mail. Darin war zu lesen (sinngemäß): Unsere Regierung habe ein Abkommen mit Air New Zealand getroffen, um bei den Rückflügen zu helfen. Die ersten beiden Flüge sollten bereits am Samstag starten. Man werde ein paar Stunden vor Abflug informiert. Das war eine gute Nachricht. Allerdings wollten 12.000! Leute nach Hause, das würde mehr als zwei Wochen dauern. Die Botschaft entscheide, wer an welchem Tag fliegen darf.

Sven: Mal sehen, wann wir dran sind?

Ling: Ich glaube sehr bald. Wir sind doch schon am Flughafen.

Am ersten Tag des Lockdowns hatte Neuseeland 283 Infizierte. Natürlich würden die Zahlen zunächst weiter nach oben gehen. Es würde zwei Wochen dauern, bis man feststellen konnte, ob die Maßnahmen Erfolg hatten.

Nach dem Essen war Zeit für den täglichen Corona-Update. Informationen lesen und verschicken. Heute kam eine Antwort vom BMI, dem Bundesministerium des Inneren. Sven hatte auch hier wegen der Einreisebestimmungen nachgefragt, schließlich war dieses Ministerium dafür zuständig. Auch dieses Mal bekam er keine konkrete Antwort, stattdessen wurde er auf die Webseiten der Bundespolizei verwiesen. Diese sei letztendlich dafür zuständig, wen sie an der Grenze zurückweise.

Es gab Verwirrungen um den Eintrag der Mitreisenden in der Rückhol-App. Die Botschaft kommunizierte, dass Begleitpersonen nicht separat registriert werden sollten, ein Generalkonsulat sagte das Gegenteil. Was machte man in diesem Fall? Sven entschied sich für doppelte Registrierung und erläuterte im Textfeld die gegenseitige Abhängigkeit. Schon als er schrieb wusste er, dass er die Planung damit nicht erleichtern würde.

Die Neuigkeiten aus Deutschland beinhalteten folgende Informationen:

Es habe bereits eine Diskussion begonnen, wie man aus der strikten Reglementierung von sozialen Kontakten und der Schließung von Geschäften wieder herauskomme.

Schweden werde von den Gegnern der deutschen Maßnahmen als Beispiel eines anderen Vorgehens gewählt. Dort habe man nahezu nichts eingeschränkt und es schien von Erfolg gekrönt.

In deutschen Krankenhäusern seien zur Überraschung vieler genügend Betten frei. Deshalb würden auch französische Intensivpatienten in Deutschland behandelt.

Sven erfuhr, dass ab Samstag in Neuseeland auch alle inländischen Flüge eingestellt würden. Das würde zum Problem für diejenigen werden, die bisher nicht in Flughafennähe waren.

Abends saßen sie mit einem Glas Wein vor der Tür auf der Veranda, alle anderen hatten sich schon in ihre Zimmer zurückgezogen. Sven wollte wissen, wie sich das Leben seiner Freunde bereits verändert hatte. Einer, der sich sonst nur wenig an den WhatsApp-Chats beteiligte, war sehr schreibfreudig: „Ich spüre die Einschränkungen schon. Keine Uni, kein Schwimmen, kein Tennis, kein Pilates, keine Geselligkeit, kein Essen gehen mit der Tennisgruppe. Zurzeit ist das noch kein Problem. Ich sehe fern, streame bei Netflix, lese, spiele viel Schach gegen den Computer, esse mit der Familie, jogge und fahre Rad. Aber auf Dauer wird es doch nervig werden. Ich vermute, dass für uns Alte die Einschränkungen ein Jahr gelten werden. Wenn die Zunahme der Fallzahlen nachlässt, werden Schulen, Unis usw. wieder aufmachen, Transport und Wirtschaftsleben erleichtert. Dies wird wieder zu einem Anstieg der Fallzahlen führen und zu einer erneuten Verschärfung der Einschränkungen. Vorbei ist es erst, wenn ein Impfstoff vorliegt oder die ganze Welt durchseucht ist. Außerdem vermisse ich die Bundesliga und die Champions League".

Flightradar24 wurde jetzt zu einer App, die Sven regelmäßig nutzte, um sich über ankommende und abfliegende Maschinen zu informieren, denn seitens der Botschaft erfuhr man wenig darüber.

Er sah, dass eine Lufthansa B747 in Auckland gelandet war und morgen früh um 9 Uhr zurückfliegen sollte. Es wurde real. Wer wohl Plätze in dieser Maschine bekommen würde?

Freitag, 27. März 2020

Auckland. Neuseeland Tag 2 Corona Alert Level 4.

In dieser Nacht schlief Sven endlich wieder durch. Es war bereits acht Uhr, als er aufwachte. Sie hatten sich schon an ihren Lockdown gewöhnt. Es war zu früh, sich große Sorgen zu machen, der neue Alltag hatte sich eingespielt. Das war nicht schwer, denn die Schranken waren so strikt, dass es keinen Sinn ergab, über Varianten der Ausgestaltung nachzudenken. Am Morgen suchte er nach Neuigkeiten auf WhatsApp, Facebook und der Webseite der Botschaft. Fehlanzeige. Es regnete, aber einige andere Wartende hatten trotzdem schon die Türen geöffnet und sich auf das Geländer der Veranda gestützt, Ausschau haltend nach Leidensgenossen, nach Gesprächspartnern. Der für heute angekündigte erste Rückflug mit der Lufthansa-Maschine fand nicht statt, er war um einen Tag auf Samstagvormittag verschoben worden.

Tatsächlich hatten einige Leute bereits eine E-Mail von der Botschaft erhalten, dass sie einen Platz im ersten Flieger haben. Sie sollten sich spätestens um 6 Uhr am Flughafen einfinden. Andere hatten ein E-Mail in ihrer Inbox, mit der Information, dass sie auf einer Reserveliste stünden. Auch sie wurden zum Flughafen gebeten. Falls um 6 Uhr nicht alle Passagiere anwesend wären, würden sie einen Platz bekommen, zumindest einige von ihnen. Seitens der Botschaft gab es keine Informationen, nach welchen Kriterien die Auswahl erfolgte, auch keine über die nächsten Flüge. Sven hoffte, dass echte Härtefälle, allein reisende Jugendliche, Kranke, Eltern mit Säuglingen zuerst fliegen durften.

Jeden Nachmittag gab es jetzt zwei Pressekonferenzen. In der ersten, um 13 Uhr, wurde sehr detailliert über die Zahl der Infizierten, deren Herkunft, Grund der Infizierung, Todesfälle, Menge der

Tests und der Genesenen berichtet. Das war der Part von Dr. Ashley Bloomfield, Director-General of Health. Zwei bis dreimal pro Woche wurde er von Dr. Caroline McElnay, Director of Public Health, vertreten. In der Pressekonferenz um 15 Uhr ging es um das Programm als Ganzes. Das war die Aufgabe von Premierministerin Jacinda Ardern, sie wurde von Hon Grant Robertson, seines Zeichens Finanzminister, vertreten. Diese Veranstaltungen dauerten zwischen 40 und 50 Minuten. Sie gaben den Journalisten ausreichend Gelegenheit für ihre Fragen. Von jetzt an sah sich Sven jeden Tag eine, wenn die Zeit passte auch beide Pressekonferenzen an. Zum einen gewann er dadurch interessante Informationen, zum anderen waren sie ein beeindruckendes Beispiel dafür, wie man solche Veranstaltungen inhaltsreich und lebendig gestalten kann. Aus heimischen Erfahrungen kannte er das nicht. Heute hatte Frau Ardern eine wichtige Botschaft (sinngemäß): Viele Deutsche, die über das Rückholprogramm der Bundesregierung zurück nach Deutschland gebracht werden sollen, befänden sich nicht in der Nähe der Flughäfen Auckland oder Christchurch. Ihr fehle eine Strategie seitens der Bundesregierung, wie diese Leute zu einem der Flughäfen kommen können, ohne dabei die Gesundheit auch nur eines Neuseeländers zu gefährden. Sie gewähre zur Vorlage dieser Strategie Zeit bis zum 31. März. Bis dahin werde es keine Rückflüge geben. Tiefschlag. Der für Samstag geplante Flug durfte trotzdem abheben, weil sie eine Ausnahmegenehmigung erteilte.

Sven und Ling machten einen kurzen Spaziergang zum nur 300 Meter entfernten kleinen Airport-Supermarkt. Ein paar Leute warteten in einer Schlange und hielten ausreichend Abstand. Immer nur eine Person durfte in den Laden, insgesamt waren nicht mehr als fünf Leute gleichzeitig drin. Das Angebot war gering und nicht sehr ansprechend. Sie kauften lediglich ein paar Konserven, Eis und Kekse. Neben dem Supermarkt war eine mobile Teststation eingerichtet worden, aber es waren nur wenige zu sehen, der sich testen ließen. Dann gingen sie den etwas längeren Weg, der zwanzig Minuten dauerte, zu PAK'nSAVE. Ein paar Ausländer waren, mit großem Abstand zueinander, auch auf der Straße dorthin unterwegs. Vor dem Eingang warteten die Menschen in einer langen, ruhigen, sehr disziplinierten Schlange. Alle hielten genügend Abstand zueinander. Ihre Wartezeit betrug etwa 30 Minuten, was aber nichts machte, da sie ja genügend Zeit hatten. Die Regale waren gut gefüllt. Sie bekamen alles, was sie suchten: Fleisch, Wein, Brötchen, Gebäck, Gemüse, Obst, Wasser. Es würde für drei Tage reichen. Überall, insbesondere vor dem Kassenbereich, waren «2-Meter Abstand halten» Schilder auf den Boden und an die Wände geklebt worden. An der Kasse wurden die Griffe der Einkaufswagen und die Tastaturen zur PIN-Eingabe nach jedem Kunden sterilisiert. Man nahm es sehr ernst. Danach gab es Kaffee und Kuchen auf der Terrasse, Lesen, Facebook durchsuchen. Nach dem Abendessen machten sie noch einen kleinen Spaziergang um den Block. Schon hatte sich eine Alltagsroutine ausgeprägt. Als sie zurückkamen, stand eine Gruppe Deutscher auf dem Parkplatz. Es wurden kurze Gespräche über den vorläufigen Stopp der Rückholaktion geführt. Alle waren enttäuscht, erzürnt, aber noch immer optimistisch. Man wusste, dass man zumindest in den nächsten fünf Tagen hier gemeinsam ausharren würde. Das bayerische Ehepaar, das am Vortag noch plante, die Wartezeit durch kurze Ausflüge mit dem Auto zu verkürzten, hatte ihren Alamo-Mietwagen ebenfalls zurückgebracht. Auch ihnen war das Risiko, erwischt zu werden, zu groß. Auf Facebook gab es erste verzweifelte Nachrichten wegen der Verzögerung. Manche Eltern waren in großer Sorge, weil ihr minderjähriges Kind alleine zurückwollte, sich aber noch irgendwo im Landesinneren aufhielt, weit weg vom Flughafen. Das war umso schlimmer, als ab Mitternacht die letzten regulären Inlandsflüge gestrichen wurden.

Sven warf noch einen Blick auf die Qatar Airways Webseite. Er rief die Statusseite auf. Ihr Flug am 7. April war immer noch bestätigt. Sobald sie aber einen Platz in einem der Rückholflieger bekämen, würden sie diesen nehmen und ihr reguläres Ticket stornieren. Das war bis drei Tage vor Abflug kostenlos möglich. Es war noch lang bis zum 7. April. Der Flug konnte schließlich jederzeit annulliert werden.

Er las die Zahlen der Infizierten in Deutschland und anderswo in Europa vom Display des Handys ab und hatte sie eine Minute später schon wieder vergessen. In Neuseeland waren jetzt 368 Leute als infiziert gemeldet, eine deutliche Zunahme. Diese Zahl merkte er sich. Er begriff jetzt, weshalb noch vor Kurzem einige Leute in den Motels und Geschäften sagten, dass der Lockdown in Neuseeland zu spät gekommen wäre. Zu spät entschieden, bei 75 Fällen? Wie viele Fälle hatte es in Deutschland gegeben, als dort die Reißleine gezogen wurde? Einer der Freunde in Deutschland beurteilte die ganze Aktion in Neuseeland allerdings als Panikreaktion, die der realen Bedrohung nicht angemessen sei. Wer konnte jetzt schon sagen, welche Strategie die richtige war?

Samstag, 28. März 2020

Auckland. Neuseeland Tag 3 Corona Alert Level 4.

Sven wachte ausgeschlafen gegen 8:30 Uhr auf. Draußen war klarer blauer Himmel, die Luft war noch frisch, etwa 10 Grad. Das Frühstück in ihrem neuen zuhause war schon zu einem standardisierten Vorgang geworden. Kaffee, weiche Sesambrötchen, belegt mit Pastrami, dazu etwas Goudakäse mit Knoblauch, eine Tomate, Eier, Orangensaft. Der neuseeländische O-Saft schmeckte frisch und fruchtig. Ling trank jeden Morgen Milch. Sie war ganz begeistert von ihrem Geschmack. Viel gehaltvoller als in Deutschland und sowieso um Längen besser, als die wässrige Milch in China.

Heute mussten sie nicht zum Supermarkt gehen. Nach dem Frühstück brachen sie zu einer dreistündigen Wanderung nach Westen zum Otuataua Stonefields Historic Reserve auf. Es waren immer noch PKWs auf der Straße, schwer zu sagen, ob die alle zu den Essential Services gehörten. Ein paar Radfahrer hielten sich fit, aber es waren nie mehr als zwei gemeinsam unterwegs. Sie trafen auf ein paar Touristen im Wartestand, die hier ebenfalls spazieren gingen. Auch sie hielten sich an die Regeln und waren nur zu zweit unterwegs. Es war still, sodass der Start eines Flugzeuges vom nebenan liegenden Airport deutlich zu hören war. Dann konnten sie die Maschine sehen. Es war die B747 der Lufthansa, deutlich am Heckflügel zu erkennen. Die ersten 400 Leute waren auf dem Weg über Tokio nach Frankfurt.

Sven: Wann wir wohl dran sind?

Ling: Es wird nicht mehr als ein paar Tage dauern.

Virus: Träumt weiter.

Die flache Bucht, an der das Historic Reserve lag, hatte nur durch eine schmale Meeresenge Verbindung zur offenen See. Hunderte von Vögeln staksten durch den Schlick, auf der Suche nach Essbarem. Kleine Bäume, die mit der herankommenden Flut vorübergehend zu Wasserpflanzen wurden, standen nahe am Ufer.

Um 14 Uhr waren sie zurück, Zeit zum Ausruhen, Lesen, Schreiben. Der Engländer, der gestern ankam und heute über Hongkong nach London fliegen wollte, war immer noch da. Er durfte nicht einchecken, weil ein Transit in Hongkong für ihn nicht möglich war. Trotzdem blieb er optimistisch und telefonierte lange, um neue Flugoptionen zu recherchieren. Der Neuseeländer, der eine amerikanische Green-Card hatte, hoffte immer noch, morgen nach Los Angeles fliegen zu können.

Im Motel war es ruhig. Die beiden jungen Frauen, die im Haus gegenüber wohnten, lagen wie immer im Gras neben den Parkplätzen. Eine las, die andere beschäftigte sich gefühlte zehn Stunden am Tag mit ihrem Handy. Andere Wartende saßen eine Weile auf ihrem Stuhl vor ihrem Zimmer. Die Botschaft kommunizierte auf ihrer Webseite die gestrige Entscheidung der Regierung. Natürlich wusste es ohnehin schon jeder.

Sven postete ein paar Fotos vom heutigen Spaziergang in der Facebook-Gruppe und munterte die anderen Wartenden auf, sich ebenfalls nach draußen zu begeben. Die Reaktionen trafen in Minutenschnelle ein. Manchen gefiel die Anregung, andere waren erschüttert, weil sie zu ahnen glaubten, Sven rufe zu einem größeren Tagesausflug auf und verstoße eklatant und bewusst gegen die «Stay Home» Verpflichtung, zum Nachteil aller Gestrandeten.

Eine Frau, um die fünfzig, aus Norddeutschland hatte ihren Mietwagen behalten. Sie fahre so lange durch die Gegend, sagte sie, bis sie von der Polizei angehalten würde. Sie wusste, dass der erste Verstoß lediglich mit einer freundlichen Ermahnung geahndet würde.

In der heutigen Pressekonferenz wurden Details der Entwicklung der letzten vierundzwanzig Stunden bekannt gegeben. Heute seien mehr als 451 Neuseeländer als infiziert gemeldet, die überwiegende Mehrheit habe eine Travel-History, den Virus also aus dem Ausland eingeschleppt. Verhaltensmaßnahmen wie Hände waschen und so weiter wurden gebetsmühlenartig wiederholt. Im TV liefen entsprechende Spots, mindestens einmal pro Stunde. Ein Logo wurde geschaffen. Alle COVID-19 Meldungen waren auf einem gelb-weiß schraffierten Hintergrund zu sehen. Es war für die private Nutzung freigegeben. Auf der Webseite des Gesundheitsministeriums wurde vom ersten Infizierten an eine Liste geführt, in der jeder Fall dokumentiert war. Unter anderem waren dort Wohnort, Altersgruppe, Flugnummer, Testdatum und weitere Informationen abzulesen. Diese Liste wurde auch bei den immer größer werdenden Zahlen fortgeführt.

Deutsche Medien schrieben ebenfalls vom vorläufigen Scheitern der Rückholaktion aus Neuseeland.

Sven buchte weitere Tage im Motel. Der Qatar Airways Flug wurde immer noch als bestätigt angezeigt. Gegen 17 Uhr kursierte die Meldung, dass im Registrierungsprogramm jetzt neue Datenfelder hinzugekommen waren. Die Information kam von einem User aus der Facebook-Gruppe, nicht von der Botschaft. Sven würde es morgen probieren. In Facebook waren auch Fotos von Glücklichen zu sehen, die heute Morgen einen Platz im ersten Flug bekommen hatten. Sie zeigten die lange Schlange beim Check-in und fröhliche Gesichter.

Sonntag, 29. März 2020

Auckland. Neuseeland Tag 4 Corona Alert Level 4.

Das Motel Management hatte bereist organisiert, dass niemand, der eine weitere Buchung vorgenommen hatte, das Zimmer wechseln musste. Das war sehr angenehm. Mit dem Reinigungspersonal hatten viele eine Art Freundschaft geschlossen. Alle, die hier wohnten, warteten oder arbeiteten, waren bereits zu einer großen Familie geworden.

Der Engländer von nebenan hoffte, heute Abend über San Francisco und Dallas nach London zu kommen. Man hatte ihm gesagt, dass für ihn in den USA der Transit möglich sei. Sven drückte ihm die Daumen.

Sven und Ling wollten in der nahe gelegenen Apotheke Masken kaufen, aber der Laden war heute geschlossen, es war Sonntag. Im kleinen Supermarkt nebenan war es sehr leer. Sie kauften Cola, Wasser und Eis. Der erfrischende Geschmack der eiskalten Coke gehörte zu den wenigen Abwechslungen im täglichen Einerlei.

Am Mittag brachen sie zu ihrem täglichen Spaziergang auf. Knapp drei Stunden lang führte er sie zur Südseite der Puketutu Island. Anfänglich waren sie alleine unterwegs, doch am frühen Nachmittag waren eine ganze Reihe weitere 2- oder 3-Personengruppen hierhergekommen, um sich die Beine zu vertreten.

Zur Kaffeezeit gab es Eis und Kuchen, dann verfolgte Sven die tägliche Pressekonferenz von Jacinda Ardern. Die Regierung hatte heute eine formale Spezifikation für «Local Walks» erlassen. Es seien Spaziergänge, die an der Wohnung beginnen und von denen jeder ohne Hilfe anderer jederzeit nach Hause zurückkehren könne. Nun wussten sie es. Die Premierministerin fuhr fort, dass man noch für ein paar Tage mit einem weiteren Anstieg der Infizierten rechnen müsse. Erst in einer Woche könne man erste Erkenntnisse ziehen, ob der Lockdown wirkte. Jetzt seien 514 Personen infizierte, die meisten Neuinfizierten kämen immer noch aus dem Ausland. Auch bemerkenswert waren ihre Ausführungen zur stationären Behandlung: Die Krankenhäuser hätten alle Patienten nach Hause geschickt, deren Behandlung nicht dringend notwendig sei. Dadurch wurde die normale Auslastung von 90 % auf 50 % heruntergefahren, um freie Plätze für die an Corona Erkrankten zur Verfügung zu haben. Weiterhin stellte sie eine Webseite vor, über die jeder, der Personen oder Firmen beobachtete, die sich nicht an die Auflagen des Lockdowns hielten, melden solle. Denunziation würde man das bei uns wohl nennen, dachte Sven. Über die Rückholaktion gab es keine Neuigkeiten, die Botschaft hüllte sich in Schweigen.

Sven und Ling ruhten bei offener Zimmertür, es begann leicht zu regnen. Außer den beiden Mädels im Haus gegenüber saß jetzt niemand auf der Veranda. Auch die Waschmaschine, die an den vergangenen Tagen nahezu ununterbrochen lief, blieb heute ruhig.

In der Facebook-Gruppe wurde erneut heftig darüber diskutiert, ob sich Paare einzeln registrieren müssen oder sich gegenseitig als Mitreisende eintragen sollten. Ein weiteres Thema war, ob man eigene Daten löschen sollte, wenn man sich mehrfach eingetragen hatte. Viele hatten ein großes Interesse an akkuraten Daten. Eine praktikable Lösung kannte niemand, denn es gab weder eine Funktion für das Löschen von Mitreisenden noch von ganzen Registrierungen. Sven rief ihre Registrierungsdaten auf und fand die gewissermaßen im Flug neu hinzugekommenen Felder. Er füllte sie aus: Ausstellungsdatum und Ort des Passes, der genaue Wohnort in Deutschland. Aber weiterhin fehlten die für die Planung so wichtigen Felder über den exakten Aufenthaltsort in Neuseeland. Viele Leute hatten mittlerweile Sorge, dass es aus diesem Grund mit dem erhofften Rückflug nichts wird. Alles wirkte wenig professionell. Auf der Qatar Airways Seite stand auch heute, dass ihr Flug nach wie vor bestätigt war. Sie zählten die Tage. Schlimmstenfalls noch zehn. Falls sie aber bald einen Rückholflug bekämen, den sie natürlich nehmen würden, wären es deutlich weniger.

Nachts sorgte ein langer Bericht einer Frau, die im ersten Rückholflieger saß, für Aufregung. Sie schrieb, dass sie am Abend vor dem Flug direkt bei der Botschaft angerufen habe, um zu fragen, ob sie mitfliegen könne. Kurz darauf habe sie eine E-Mail mit der Flugbestätigung erhalten. Die Botschaft hatte die Leute immer deutlich aufgefordert, Anrufe zu unterlassen, weil ohnehin niemand aktiv einen Platz einfordern könne. Es ging offensichtlich doch. Empörung bei jungen Eltern, die hier mit Säuglingen warteten, Entrüstung bei Kranken, die auf Medikamente angewiesen waren. Es folgte eine Schilderung des Fluges. Was konnte man erwarten? Man wurde nach Hause gebracht. Welchen Service gab es? Nicht mal den eines normalen Fluges in der Economyclass. Das Einchecken sei extrem langwierig gewesen, die Bordkarten seien manuell ausgestellt worden.

Am Ende des Tages sah sich Sven die Statistiken Europas an. Deutschland war bei 62.400 Fällen angelangt. Das war dramatisch, wenn man es in Bezug zu Anfang März stellte. Diejenigen, die die

Lage eher beschönigen wollten, nahmen einfach Länder zum Vergleich, die noch schlechter dastanden. Über 80.000 in Spanien, 102.000 in Italien, 162.000 in den USA. Man hätte Deutschland auch mit anderen Ländern vergleichen können, aber das tat man nicht, weil die Regierung das Signal aussenden wollte, alles bestens unter Kontrolle zu haben.

In Deutschland war die Sommerzeit in Kraft getreten, der Zeitunterschied war dadurch auf elf Stunden geschrumpft.

Sven in einer WhatsApp-Nachricht: Wir sind uns heute schon eine Stunde nähergekommen.

Freund-1: Es scheint einen Sinneswandel, was das Tragen von Masken angeht, zu geben. Vor einem Monat wurden sie noch als völlig sinnlos, ja obendrein als schädlich bezeichnet. Jetzt fangen einzelne Firmen an, Masken in großer Zahl aus China zu importieren. Das Gesundheitsministerium hatte die Ausschreibungsregeln für den Maskeneinkauf deutlich erleichtert.

Freund-2: Nicht nur das, immer mehr Unternehmen in Deutschland beginnen nun selbst mit der Maskenfertigung.

Sven: Dann wird der Engpass in den Apotheken ja bald beseitigt sein.

Freund-2: Natürlich nicht, denn diese Masken werden aus einfachen Baumwollstoffen gefertigt. Es sind keine OP-Masken.

Montag, 30. März 2020

Auckland. Neuseeland Tag 5 Corona Alert Level 4.

Die Botschaft forderte per Facebook dazu auf, noch mal alle Registrierungsdaten in der Rückhol-App zu überprüfen. Sie bat auch darum, die separat registrierten Mitreisenden zu löschen. Damit kam Klarheit in die Problematik, die gestern ausgiebig diskutiert wurde. Zum Löschen solle man den Namen der betreffenden Person mit «XXX» überschreiben. Nur den Namen, die anderen Eintragungen könne man unverändert lassen. Sven teilte diese technologische Raffinesse gleich mit seinen Freunden, die sich aber eines Kommentares enthielten.

Am Morgen war es wolkig, doch bald kam die Sonne zum Vorschein und brachte wie jeden Tag Temperaturen über 20 Grad mit sich. Nach dem Frühstück gingen sie zur Apotheke und kauften sechs Masken für 15 NZ$. Es gab einen ausreichenden Vorrat, der täglich aufgestockt wurde. Von dort gingen sie gleich weiter zum Supermarkt. Die Warteschlange war heute sehr kurz, nur vier oder fünf Leute standen vor dem Eingang. Sie zogen ihre Masken auf und machten einen Großeinkauf. Mittlerweile präferierten beide den regulären Flug mit Qatar Airways, die immer noch zuverlässig erschienen. Die Schilderungen über den bisher ersten und einzigen Rückholflug waren nicht sehr verlockend. Diese Überlegungen spielten eine Rolle für die weitere Einkaufsplanung. Mehr als noch zweimal wollten sie nicht mehr in den Supermarkt gehen. Der Verstand sagte ihnen, das Ansteckungsrisiko sei hier nahe Null, doch das Virus flüsterte ihnen immer wieder ein, dass es nirgendwo sicher sei. Heute war der Einkaufswagen dementsprechend sehr voll. Sie zahlten 110 NZ$ an der Kasse. Das sollte für vier weiter Tage ausreichen.

Ihre erste Buchung im Motel lief heute ab, die zweite schloss sich nahtlos an. Sie konnten das Zimmer behalten, nur die Chipkarte für die Tür musste neu codiert werden und sie erhielten auch ein paar neue Karten mit WI-FI-Passwörtern.

Am Nachmittag saß niemand auf der Veranda. Manche Türen waren geöffnet, die Leute lagen drinnen auf dem Bett und schauten nach draußen. Trägheit war eingekehrt, jeder trug durch Nichtstun dazu bei, das Risiko der Weiterverbreitung des Virus zu reduzieren. Das Fernsehprogramm bot keine großartige Abwechslung. Quizshows, Musik-Videoclips, Talkrunden waren kein lukratives Angebot. Einzig zu den Pressekonferenzen schalteten sie es ein. Heute wurde von 589 Infizierten berichtet. Die Anzahl der Tests liege jetzt bei etwa 1.800 pro Tag. Der Anstieg blieb linear, das war ein gutes Zeichen. Der Polizeipräsident berichtete über erste Festnahmen von Leuten, die mehrfach gegen die Auflagen verstoßen hatten, insgesamt bezeichnete er das Verhalten der Bevölkerung aber als brillant.

Auf den Straßen rund um das Hotel fuhren immer wieder ein paar Durchgeknallte mit dröhnendem Motor und hämmernden Bässen in ihren zwanzig Jahre alten Autos vorbei. Sollte die Polizei in diese Gegend kommen, würde es eng für sie.

Am späten Nachmittag sprach Sven mit einem schottischen Rentner, der schon seit zwei Monaten unterwegs war. Zuerst in Bali, dann Australien und jetzt Neuseeland. Er wolle am liebsten hierbleiben, wenn er wüsste, dass die Isolation in vier Wochen vorbei sei. Er mache sich große Sorgen, was ihn in Schottland erwarte. Nun, er hatte noch Zeit zum Überlegen, sein Flug war erst für den 15. April gebucht.

Die Botschaft blieb heute unsichtbar, die Facebook-Gruppe ebenfalls. Man wartete, wusste aber nicht so genau worauf. Am Abend tauchte ein Gerücht auf. Morgen, 31. März um 21 Uhr solle eine Maschine von Air New Zealand über Vancouver nach Frankfurt fliegen. Tatsächlich stand der Flug mit der Nummer NZ6040 auch auf der Seite des Flughafens Auckland unter der Rubrik «Abflüge». Es konnte aber genauso gut ein ganz normaler Charterflug nach Kanada sein, denn der Endflughafen, sollte es Frankfurt sein, wurde nicht angezeigt.

Dienstag, 31. März 2020

Auckland. Neuseeland Tag 6 Corona Alert Level 4.

Heute frühstückten sie spät und genossen das traumhafte Wetter auf der Veranda. Es waren schon am Morgen warme 15 Grad. Ein schöner Tag lag vor ihnen.

In Facebook wurde über ein Telefonat von Außenminister Heiko Maas mit seinem neuseeländischen Kollegen berichtet. Man suche nach einer Lösung, war dort zu lesen. Es war eine von so vielen substanzlosen Informationen. Die Botschaft präsentierte heute Morgen auf ihrer Webseite eine neue Nachricht. Dort hieß es, dass die Flüge wohl über den 31. März hinaus ausgesetzt blieben, denn noch sei mit der neuseeländischen Regierung keine einvernehmliche Lösung gefunden worden. Am frühen Nachmittag wolle sich Premierministerin Ardern in der Pressekonferenz zu der Angelegenheit äußern, denn die Frist zur Vorlage der Strategie laufe heute ab.

Sie unternahmen heute einen 2-stündigen Spaziergang durch einen anderen Teil des Naturschutzgebietes. Sie wanderten an einer Bucht entlang, in der wegen der Ebbe kein Wasser zu sehen war. Man konnte ein paar Vögel beobachten. Jetzt gegen Mittag waren, wie jeden Tag, ein paar andere Gestrandete unterwegs, die den strahlenden Sonnenschein und mittlerweile 24 Grad genossen. Auf dem Rückweg kamen sie an einer Bäckerei vorbei. Noch immer lag der Duft frischen Brotes über dem Anwesen, obwohl sie schon seit knapp einer Woche geschlossen war. Eine Sinnestäuschung? Bäckereien und Metzgereien gehörten nicht zu den Essential Services, durften ihre Geschäfte also nicht öffnen.

Die Pressekonferenz begann mit 30 Minuten Verspätung. Das war ungewöhnlich. Heute gäbe es in Neuseeland 647 Infizierte, weiterhin ein deutlicher, aber linearer Anstieg. Die Problematik der Ausreise nach Deutschland sowie in andere Länder Europas wurde nur kurz gestreift. Man unterstütze dieses Vorhaben, aber die vorgelegte Strategie sei nicht ausreichend. Es werde noch etwas dauern. Das war wahrlich keine gute Nachricht. Später auf dem Parkplatz wurde der Ärger darüber deutlicher geäußert, als noch gestern. Verständnis für die erneute Verzögerung war nicht mehr vorhanden.

Wartender-1: Welches Spiel wird mit uns gespielt?

Wartender-2: Hat Frau Ardern ein Problem mit Deutschland?

Wartender-3: Werden die Touristen als Konjunkturprogramm für die Hotellerie im Land gehalten?

Das waren die Vermutungen, über die jetzt debattiert wurde. Ob das Parlament in Neuseeland noch eine Rolle spielte, war für die Ausländer schwer einzuschätzen. Unübersehbar war aber, dass die Presse und andere Medien Frau Arderns Kurs in vollem Umfang unterstützten.

Die internationale Vergleichbarkeit der Zahlen war immer noch nicht gegeben. Zum einen waren die Kriterien völlig unterschiedlich, zum anderen waren sie auch innerhalb einiger Länder, darunter

Deutschland, nicht transparent. So wurde es zunehmend schwerer, sich eine Meinung über die Angemessenheit der Entscheidungen zu bilden.

Freund-1: Das ist auch in Europa nicht anders.

Freund-2: Jetzt ist die Stunde der Regierungen gekommen. Alle überbieten sich mit dem Erlass restriktiver Maßnahmen. Wenn das Parlament noch gefragt wird, dann geht es im Super-Eiltempo. Mehr eine Alibieinbindung als ein Organ, dass hastig vorgelegte Gesetzesvorlagen gründlich debattieren kann.

Eine Stunde später war plötzlich großer Lärm im Hof des Motels zu hören. Sechs bis acht Leute liefen laut palavernd unentwegt hin und her. Dann kamen zwei Polizeifahrzeuge, zogen aus einem davon Wolldecken und große Plastiktüten voller Klamotten heraus und warfen alles neben einen Baum auf den Boden. Die laut schreienden Leute schnappten sich die Sachen und stürmten damit in Sven und Lings Nachbarzimmer. Anscheinend hatte man Obdachlose hier untergebracht, damit sie auch die Chance zur Selbstisolation bekamen. Wenig später, die Polizei war längst wieder weg, sprangen die Leute, nur mit einem Handtuch bekleidet, auf dem Parkplatz herum. Sie hatten alle eine erfrischende Dusche genossen, wahrscheinlich die erste seit langer Zeit.

Sven und Ling ließen ihre Tür am Nachmittag geschlossen und beobachteten die Lage durch das Fenster, so wie die anderen Ausländer auch. Die Neuankömmlinge wirkten leicht bedrohlich. Den Abendspaziergang ließen sie ausfallen.

In Facebook tauchten dubiose Journalisten auf, die angeblich für renommierte Zeitung arbeiteten. Es war offensichtlich, dass es sich um Leute handelte, die nicht für seriöse Medien arbeiteten. Sven mahnte die Gruppenmitglieder zur Vorsicht, doch viele posteten, ohne Scheu, private Befindlichkeiten.

Über WhatsApp diskutierte er am Abend mit den Freunden zuhause Themen wie Transparenz, Fallzahlen, Todesursachen und die Beobachtung, dass die Menschen in noch vor Wochen starken Demokratien von ihren Regierungen essenzieller Freiheitsrechte beraubt worden waren.

Die Zahl der Infizierten in Deutschland kletterte unentwegt nach oben. Es waren jetzt nahezu 71.800, über die Anzahl der durchgeführten Tests, Patienten im Krankenhaus und auf der Intensivstation fand er keine Statistiken. Sven sah heute zum ersten Mal, dass in deutschen Medien über die gestrandeten Leute in Neuseeland berichtet wurde.

Mittwoch, 1. April 2020

Auckland. Neuseeland Tag 7 Corona Alert Level 4.

Die neuesten Nachrichten in Facebook kamen heute Morgen von der Botschaft. Sven las, dass sich viele Stellen bemühen, die Anforderungen der Regierung zu erfüllen, man aber jetzt noch nicht sagen könne, wann diese Bemühungen zum Erfolg führen würden. Warum wurden solche inhaltslosen Meldungen veröffentlicht? Sie beruhigten ohnehin niemand.

Das Ausharren machte träge, Neues gab es jetzt nach einer Woche nicht mehr zu entdecken. So war es kaum verwunderlich, dass auch um 10 Uhr noch niemand vor der Tür zu sehen war. Zwei Stunden länger schlafen verkürzte die Wartezeit. Die Putzfrauen hatten sich darauf eingestellt.

Sven und Ling machten heute nur einen kurzen Spaziergang durch ein paar andere Straßen des Speditionsgebietes und füllten ihre Getränkevorräte auf.

Nach dem Lärm in der letzten Nacht und am frühen Morgen beschwerte sich Sven bei der Motelleitung über das Verhalten der gestern vom Staat zwangsweise einquartierten Obdachlosen. Die Besitzer des Motels hatten keinen Einfluss darauf, ja sie kannten nicht einmal die Namen ihrer neuen Gäste, erfuhr er. Auch andere hatten sich schon an die Rezeption gewendet. Eine Stunde später kam ein junger Mann von einer Gesundheitsbehörde und erläuterte den Leuten mit sehr sanften Worten, was Selbstisolation und Lockdown bedeutet. Sie hörten ihm schweigend zu, nickten mit dem Kopf, zeigten Zustimmung. Nachdem er weg war, es war kaum eine Viertelstunde vergangen, machten sie weiter wie vorher. Sie hingen ständig in einer großen Gruppe zusammen, sowohl auf dem

Parkplatz als auch im Zimmer oder auf der Veranda. Jetzt waren es mehr als 10 Personen, denn am Abend waren ein paar weitere dazugekommen. Sie liefen vor den offenen Türen der anderen Gäste herum, hielten keine 50 Zentimeter Abstand und machten darüber hinaus pausenlos einen Höllenlärm. Sven glaubte nicht, dass die heutigen Instruktionen etwas bewirkt hatten. Wenn nicht, waren sich Ling und er einig, wollten sie am nächsten Tag das Zimmer oder sogar das Hotel wechseln.

Frau Ardern sagte in ihrer täglichen Pressekonferenz, dass sie sich morgen zum Rückführungsprogramm äußern werde. Für die Statistik vermeldete sie einen moderaten Anstieg auf 708 Infizierte und erstmals wurde auch die Zahl der mittlerweile Genesenen angegeben. Es seinen 90 Personen. Ein Ende des Alert Level 4 sei in weiter Ferne, sagte sie. Niemand solle sich Hoffnung auf kurzfristige Lockerungen machen.

Die Stunden zogen sich zäh wie Brei. Es war heiß. Wieder ein Tag weniger. Nicht mehr lange bis zum 7. April. Sechs Tage nach deutscher, fünf Tage nach chinesischer Zählweise. Wie erwartet gab es auch am Abend keine neuen Informationen. Sven hatte die Redaktion der Zeitung seiner Heimatstadt gefragt, ob sie Interesse an einem Situationsbericht hätte. Heute Abend traf die Antwort ein. Gleich morgen wollte er sich an die Arbeit machen und einen Artikel schreiben. Mittlerweile hatten viele andere Freunde und Bekannte in Deutschland von der Rückholaktion erfahren und erkundigten sich nach dem Stand der Dinge hier vor Ort.

Am Abend schrieb die Botschaft auf ihrer Webseite, dass man die Registrierungsdaten erneut ergänzen solle, es seien abermals Felder hinzugekommen. Sven wusste das längst, denn die Facebook-Community hatte es schon Stunden vorher gepostet. Die Botschaft sagte auch, dass sie morgen Listen mit den Daten an ein neuseeländisches Ministerium schicken müsse. Es wirkte alles andere als digital. Man hätte vielleicht einen professionellen Reisemanager hinzuziehen können, dachte er und andere Wartende sagten das Gleiche.

Am heutigen Tag waren alle Amerikaner, die bisher auch hier wohnten, nach Hause geflogen. Die Verbliebenen waren in der

Mehrzahl Deutsche, neben dem spanischen Paar, dem schottischen Rentner und der Gruppe der Maori.

Die meisten Fragen in den Facebook-Gruppen, mittlerweile war eine zweite hinzugekommen, drehten sich nach wie vor um die Problematik, wie Mitreisende erfasst werden sollten. Viele wollten gemeinsam fliegen. Eltern mit Kindern oder ältere Ehepaare gehörten dazu. Andere wären auch mit getrennten Flügen zufrieden, aber nach wie vor konnte man nicht eingeben, um welche Art von Mitreisenden es sich handelte. Auf der Internet-Seite der Botschaft wurde erneut darum gebeten, überflüssige Doppelanmeldungen durch Überschreiben des Namens mit «XXX» kenntlich zu machen. Sven war sich sicher, dass die ganze Planung jetzt im Wesentlichen mit Excel-Listen erfolgte.

In Deutschland wurde die Zahl der Infizierten mittlerweile mit 77.900 angegeben. Es würde eine Weile dauern, bis die Maßnahmen Wirkung zeigen. Ein Freund schrieb, dass es jetzt eine ausführliche Diskussion um den Mundschutz im Alltag gäbe. Hört, hört, antwortete Sven, der war doch bekanntlich bis vor Kurzem völlig unnötig. Manche sehen es jetzt anders, war die Antwort. Der Bürgermeister von Jena hat den Mundschutz gestern zur Pflicht erklärt. Es lebe der Föderalismus.

Donnerstag, 2. April 2020

Auckland. Neuseeland Tag 8 Corona Alert Level 4.

Die Leute von nebenan verhielten sich etwas ruhiger als in der ersten Nacht. Aber schon um 7 Uhr morgens waren sie wieder im 8er-Pulk zusammen vor den Zimmern. Sie wollten immer noch nicht verstehen, was Selbstisolation in einer «Bubble» bedeutete. Der Morgen war sonnig und warm, dann zogen erste Wolken auf. Sven schrieb den Artikel für seine Heimatzeitung. Danach besprach er mit der Rezeption, ob sie in ein anderes Appartement umziehen könnten, um Abstand von diesen Leuten zu halten. Aber das Motel war restlos ausgebucht. So beschlossen sie, solange in Zimmer 820 zu bleiben, bis sie ausfliegen werden.

Gegen Mittag brachen sie zu einer weiteren langen Wanderung auf. Sie führte zunächst wieder zur Puketutu Insel, dieses Mal aber auf deren Nordseite. Ein paar Radfahrer waren unterwegs, doch kaum Fußgänger. Es war sehr eintönig, immer wieder ähnliche oder die gleichen Wege gehen zu müssen, aber es gab keine Alternativen. Auf dem flachen Wasser der Lagune tummelten sich Hunderte Enten, Schwäne und Möwen. Sie schauten ihnen lange zu.

Die Zahl der Infizierten war wieder etwas stärker angestiegen, auf 797, hörte er am Nachmittag. Allerdings zählten jetzt auch Verdachtsfälle dazu. Das seien Personen mit einem negativen Test, die aber aufgrund von Symptomen und Kontakten mit Infizierten entsprechend klassifiziert würden. Die Zahl der Geheilten sei erstmals höher als die der Neuinfizierten. Das sei auch ein Indikator für den Erfolg des Lockdowns. Mit diesen Aussagen begann die Pressekonferenz. Es folgte die entscheidende Neuigkeit für die Ausländer: Die Regierung unterstütze jetzt grundsätzlich die Durchführung von Rückflügen. Überdies seien Transfers zum Flughafen per Flugzeug, Bus oder Auto möglich. Voraussetzung dafür sei, dass die entsprechenden Reisenden ein gültiges Ticket mit Abflug innerhalb der nächsten vierundzwanzig Stunden hätten. Darüber hinaus dürfe Qatar Airways als einzig verbliebene kommerzielle Fluggesellschaft täglich eine zweite Maschine nach Doha einsetzen. Auch das werde für zusätzliche Kapazitäten sorgen. Das war für Sven und Ling insofern eine gute Nachricht, als sie jetzt mit größerer Wahrscheinlichkeit davon ausgehen konnten, dass ihr Flug am 7. April stattfinden würde. Nachdem diese Neuigkeiten bekannt waren, folgten unzählige Posts in den Facebook-Gruppen. Große Erleichterung war der Grundtenor. Bald darauf folgten Spekulationen, wann es konkret mit den Flügen losgeht. Erste besorgte Stimmen waren auch zu hören. Sie kamen von den Leuten, die mehrere hundert Kilometer von einem der beiden Flughäfen entfernt waren und kein eigenes Fahrzeug hatten.

Einige einheimische Halbstarke nahmen die Ausgangssperre nicht mehr sehr ernst. Sie sausten, wie schon in den letzten Abenden, in flottem Tempo mit quietschenden Reifen und lauter Musik durch die Straßen. Niemand stoppte sie. Das war ihre Art der Kompensation. In der Nacht verhielten sich ihre neuen Nachbarn einigermaßen ruhig.

Am neuseeländischen Abend, dem deutschen Morgen, gingen wieder WhatsApp Nachrichten hin und her. Auch das war zum Ritual geworden. Sven griff noch mal die Thematik mit den Masken auf. Er übersetzte die chinesische Fassung dieses Dilemmas folgendermaßen:

„Wenn Masken tragen überall zur Pflicht wird, gibt es keine Menschenrechte mehr; wenn niemand eine Maske trägt, gibt es keine Menschen mehr; wenn jeder eine Maske trägt, gibt es (morgen) keine Masken mehr."

Freund-2 antwortete spontan: Ich habe keine Maske, und es gibt auch keine zu kaufen. Problem gelöst! Damit war die Diskussion darüber schon wieder zu Ende.

Freund-1 griff einen anderen Punkt auf: In den deutschen Medien wird kritisiert, dass es bei der Einreise an den Flughäfen nach wie vor keine Kontrollen gibt, nicht einmal bei Verdachtsfällen. Muss man das verstehen?

Sven antwortete: Das halte ich schon seit Mitte Januar für notwendig. Es ist unverantwortlich, ein großes Versagen der deutschen Regierung und Behörden.

Sie tauschten sich auch über die Anzahl der Tests aus. Neuseeland publizierte täglich die exakte Zahl, in Deutschland wurde sie offensichtlich eher geschätzt, weil es keine zentrale Meldepflicht gab. Die Tests pro Millionen Einwohner waren aber in beiden Ländern anscheinend einigermaßen gleich hoch. Schließlich stellten sie fest, dass das Gut Gesundheit und Leben zwar noch das primäre Ziel aller Maßnahmen zu sein schien, doch mehr und mehr weitere Zielgrößen kämen hinzu, insbesondere ökonomische. Das erschwerte die Problemlösung deutlich. Sven las am Ende des Tages noch eine ausführliche Stellungnahme des neuseeländischen Tourismusverbandes, der Frau Ardern ausdrücklich für die Freigabe der Rückflüge lobte. Schließlich wäre es fatal, wenn Touristen, die jetzt gestrandet seien, zukünftig Neuseeland meiden würden. Tourismus trägt ganz entscheidend zum Wohlstand bei.

Freitag, 3. April 2020

Auckland. Neuseeland Tag 9 Corona Alert Level 4.

Am Morgen fand Sven eine E-Mail der Zeitungsredaktion vor. Sie nannte seinen Artikel ganz ausgezeichnet und werde ihn umgehend publizieren. Die Botschaft hatte inzwischen alle Leute angeschrieben, die bereits heute zurückfliegen konnten. Air New Zealand Flug NZ1960 werde um 16:30 Uhr starten und über Vancouver nach Frankfurt fliegen. Erst gestern wurde die Aktion genehmigt und heute ging es schon los, das war bemerkenswert schnell. In Facebook war es am Morgen ziemlich ruhig, so wie auch im Motel. Von den Leuten, die hier gestrandet waren, war niemand für den ersten Flug ausgewählt worden.

Sven und Ling gingen erneut zur Apotheke und kaufen weitere zehn Masken. Der Preis betrug unverändert 2,50 NZ$ pro Stück. Eine davon setzten sie auf, als sie am Supermarkt ankamen. Die Schlange war heute extrem lang, erstreckte sich über drei Straßen, aber das Warten dauerte nicht länger als fünfundzwanzig Minuten. Die Leute hielten eher vier als zwei Meter Abstand voneinander. Sie kauften alles, was sie für die verbleibenden vier Tage und Abende brauchten, noch einmal wollten sie nicht hierherlaufen.

Die tägliche 13 Uhr Pressekonferenz des Direktors des Nationalen Gesundheitsinstituts verpassten sie, aber sie war natürlich im Internet jederzeit verfügbar. 868 Personen seien Stand heute infiziert, über 100 davon schon wieder gesund, sagte er. Für die 15 Uhr Pressekonferenz gäbe es ab jetzt eine konkrete Arbeitsteilung, wurde verkündet. Von montags bis donnerstags werde sie von der Premierministerin gehalten, Freitag und Sonntag übernehme der Finanzminister. Am Samstag finde keine statt. Erwartungsgemäß ging es heute um ökonomische und fiskalische Aspekte der Pandemie. Die Rückholaktion war weder Gegenstand der Ausführungen noch der Fragen der Journalisten. Die Entscheidung war gefallen, jetzt ging es um die Umsetzung und dafür waren Botschaft und Fluggesellschaften zuständig. Seitens der Botschaft gab es keine neuen Informationen, auch in den Facebook-Gruppen war kein einziger neuer Beitrag zu finden. Auf der Webseite von Air New

Zealand fanden sich keinerlei Informationen zu den Flügen. Auf der Lufthansa-Seite, dort wo alle Flüge des Rückführungsprogramms aufgelistet waren, fehlte Neuseeland nach wie vor.

Ihre Mitbewohner aus dem Inland verhielten sich jetzt phasenweise gespenstisch ruhig und blieben in ihren Zimmern, um sich dann plötzlich wieder in großen Gruppen von acht bis zwölf Leuten eng beisammen draußen auszutoben. Sie bekamen jetzt auch öfters Besuch und scherten sich weiterhin einen Dreck um Level 4. Sven suchte die Webseite der Polizei, auf der Bürger Verstöße gegen die Anordnungen melden sollten. Er beschrieb die Situation in sachlichen Worten und bat um erneute Unterweisung dieser Leute.

Heute Abend brieten sie köstlich schmeckendes Lammfleisch, das erste Mal während ihres Lockdowns. Plötzlich kam Dynamik in die beiden Facebook Gruppen. Es wurde von Lufthansa-Fliegern berichtet, die ab 6. April täglich von Christchurch und ab 7. April von Auckland losfliegen sollten, zunächst bis einschließlich 10. April. Jetzt meldeten sich auch Leute, die schon für den morgigen Flug mit Air New Zealand einen Platz bekommen hatten, obwohl er auf den üblichen Flugportalen nicht zu finden war. Auch für den 5. April seien bereits Einladungsmails angekommen. Noch ließ sich nicht erkennen, nach welchen Kriterien die Auswahl erfolgte. Die E-Mails mit den Flugtickets kamen jetzt direkt von der Airline. Seitens der Botschaft gab es heute überhaupt keine neuen Äußerungen, auch ihre Homepage blieb unverändert. Vor ein paar Tagen wären Sven und Ling liebend gerne in einen der erstbesten Rückholflieger gestiegen, jetzt hofften sie, dass sie nicht vor dem 7. April berücksichtigt würden. Wer einen Platz nicht in Anspruch nahm, hatte seine Chance verwirkt, das wurde als Regel kommuniziert. Der Flugstatus auf Qatar sagte nach wie vor, dass ihr Flug am 7. April durchgeführt wird. Das Abwägen der Alternativen wurde zu Balanceakt, wobei ein Rückholflug immer mehr zur theoretischen Alternative wurde.

Der erste Rückholflug mit Air New Zealand startete wie geplant am späten Nachmittag. Die Aktion lief also an. 350 von mehr als 10.000 Gestrandeten waren in der Luft.

Am Abend erfuhr Sven, dass sein Artikel heute veröffentlicht worden war. Dann las er, dass Deutschland mit 91.200 Infizierten

China überholt hatte und Spanien kurz davor sei, Italien zu überflügeln. Auch zuhause hatte man mitbekommen, dass die Flüge begonnen hatten.

Freund-1: Wann werdet ihr fliegen können?

Sven: Bisher haben wir noch keine Tickets bekommen. Es wird von Flug zu Flug kurzfristig entschieden, wer mitfliegen darf.

Freund-2: Unser Innenminister plant offenbar, alle in Deutschland ankommenden Reisenden für vierzehn Tage in Quarantäne zu schicken.

Sven: Nur das nicht. Ich vertraue darauf, dass die gründliche Vorbereitung dafür länger dauern wird und diese Maßnahme am Tag unserer Ankunft noch nicht umgesetzt ist.

In der Nacht drang schwerer herber Marihuana-Geruch durchs Fenster.

Ling: Amsterdam!

Sven: Was meinst Du?

Ling: Na, Amsterdam riecht so. Aber das hier ist eine schlechte Qualität.

Samstag, 4. April 2020

Auckland. Neuseeland Tag 10 Corona Alert Level 4.

Der Marihuana-Konsum der gestrigen Nacht hatte seine Wirkung. Erst nach 10 Uhr wachten die Maoris auf und schlichen geradezu geräuschlos über den Hof, was sich aber am Nachmittag wieder drastisch änderte. Die Dame aus Norddeutschland hatte für den heutigen Flug einen Platz auf der Reserveliste erhalten. In kluger Vorahnung hatte sie schon gestern ihren Wagen zurückgebracht. Ihre Stimmung war neutral, obwohl sie optimistisch sein konnte, denn beim gestrigen Flug seien offensichtlich 50 Leute der Reserveliste mitgenommen worden. Man hatte wohl viele Leute auf den Flug gebucht, die nicht in Auckland waren und es deshalb nicht geschafft hatten, rechtzeitig am Flughafen zu erscheinen.

Sven: Warum werden, neben den Härtefällen, nicht diejenigen zuerst ausgeflogen, die schon am Flughafen sind? Das wäre doch logistisch die einfachste Variante, zumal dann Hotelkapazitäten frei würden, die von denen, die sich noch weiter entfernt aufhalten, genutzt werden könnten.

Andere Wartende: Zustimmung!

Sven und Ling machten einen weiteren Spaziergang, fanden noch einmal einen neuen Weg, der rund um die Mangere Lagoon führte. Wieder trafen sie auf ein paar Radfahrer, doch Begegnungen mit Spaziergänger waren noch rarer als an den vorherigen Tagen. Die Tagesabläufe gestalteten sich immer wieder nach dem gleichen Ritual, einzig die Dauer der Spaziergänge variierte ein wenig. Auf der Straße war es ebenfalls sehr leer, was wohl daran lag, dass heute Samstag war. Schon länger beobachtete Sven, dass der Samstag der ruhigste Tag der Woche war. Auch im kleinen Lebensmittelladen, in dem sie noch mal die Wasservorräte auffüllten, war kaum jemand zu sehen.

Der Flieger der Air New Zealand war heute um 16:00 abgeflogen. Wieder seien offenkundig alle Leute, die auf der Reserveliste standen, mitgekommen worden, es seien sogar noch Plätze frei geblieben, war später auf Facebook zu lesen. Am Nachmittag versammelten sich die Hälfte der hier anwesenden Deutschen zum Plausch. Man redete über all das, worüber es eigentlich nichts mehr zu sagen gab. Gesprächsinhalte wiederholen sich. Gegen 17 Uhr gingen erneut zahlreiche Facebook Nachrichten ein, in denen von Ticket-E-Mails für den Air New Zealand Flug NZ1960 am morgigen Sonntag geschrieben wurde. Es würde also auch morgen wieder eine Maschine über Vancouver nach Frankfurt fliegen. Alles deutete darauf hin, dass es jetzt Schlag auf Schlag gehen und bald jeder einen Platz haben würde. Erste Kommentare waren zu lesen, in denen Leute berichteten, dass sie sowohl noch einen bestätigten Flug von Qatar Airways hatten, als auch ein Ticket für einen Rückholflug für den gleichen Tag bekommen hatten. Sie suchen Rat, welche Maschine sie nehmen sollten. Die Antworten waren eindeutig:

Nehmt die Qatar-Maschine!

Sven ergänzte: Das Risiko einer Annullierung ist jetzt äußerst gering, außerdem gibt es bei kurzfristigen Stornierungen keine Erstattung des Tickets.

Virus: Bist du dir sicher, dass es mit der Einreise deiner Frau wirklich klappen wird?

Mehrere Tage hatte er sich nicht mehr damit beschäftigt, aber jetzt, wo der Rückflug immer näherkam, war die Sorge wieder da.

Sven: Es gibt keinen realistischen Grund für eine Zurückweisung an der Grenze.

Virus: Du weißt selbst, dass du Zweifel hast.

Heute Abend aßen sie zwei große Rumpsteak, die letzten Kartoffeln, die sie noch hatten, wurden dazu gebraten.

Am Abend veröffentlichte die Botschaft einen langen Brief an die lieben Landsleute. Darin wurden die Aktivitäten der letzten Tage geschildert. Es folgte eine Entschuldigung für das Durcheinander bei der Vergabe der Tickets für die ersten Flüge. Dann gab es eine Aufforderung, dass man nach erfolgter Ankunft in der Heimat in der Rückhol-App einen Haken bei «Brauche-keinen-Rückflug-mehr» setzen solle. Das war offensichtlich die einzige Information, über die die Organisatoren herausfinden konnten, wer schon zuhause war. Am Ende des Briefes stand das Versprechen, dass sich das Prozedere jetzt eingespielt habe und alles viel entspannter und transparenter ablaufen werde. Man wird sehen, dachte Sven und wandte sich anderen Informationen zu. Überraschend tauchte jetzt auch eine Condor B767 als einer der Rückholflieger auf. Sie solle in ein paar Tagen Leute aus Auckland nach Frankfurt fliegen. Na das wird ein Spaß, vierundzwanzig Stunden in den superengen Condor-Sitzreihen gepresst zu sein. Sven hoffte inständig, dass dieser Kelch an ihnen vorüberging.

In der Nacht wurde auch in Neuseeland die Zeit umgestellt, allerdings entgegensetzt zu der in Deutschland. Hier war jetzt Winterzeit, also wurde die Uhr eine Stunde zurückgedreht. Virtuell waren sie der Heimat wieder eine Stunde nähergekommen, die Zeitdifferenz betrug nur noch zehn Stunden.

Neben dem Studieren der Zahlen über die Infizierten, heute waren es 950 in Neuseeland und 96.000 in Deutschland, konnte man jetzt weitere Statistiken analysieren. Ein fleißiger Facebook-User hatte Daten über die Rückholflüge gesammelt und gepostet. Dazu gehörten Datum, Fluglinie, Abflugzeit, Flugzeugtyp und Sitzplatzkapazität. Als Summe meldete er heute bereits 1.060 Passagiere, die wieder zuhause waren. Ein guter Service, lobte Sven.

Eine Stunde des Abends gehörte wieder dem WhatsApp-Nachrichtenaustausch.

Freund-1: Ab übermorgen wird in Jena, als erster Kommune in Deutschland, das Tragen von Masken beim Einkaufen und im öffentlichen Nahverkehr zur Pflicht.

Freund-3: Donald Trump zeigt auch erste Sympathien für die Masken. Das RKI äußert sich jetzt indifferent, jedenfalls nicht mehr wie bisher strikt ablehnend. Es würde im Zweifelsfall nicht schaden, vielleicht.

Sven: Ich lese, dass die Masken jetzt häufig Mund-Nasen-Schutz genannt werden.

Freund-2: Da ist sie wieder, die deutsche Vorliebe für exakte Begriffe.

Sonntag, 5. April 2020

Auckland. Neuseeland Tag 11 Corona Alert Level 4.

Sie hatten keine Gelegenheit, wegen der Zeitumstellung etwas länger zu schlafen, dafür sorgten ihre Nachbarn. Sie hatten in der letzten Nacht wohl auf ihr Marihuana verzichtet und starteten dafür umso lautstarker in den neuen Tag. Alle Leute hier wurden von einem blauen Himmel, garniert mit ein paar weißen Wolken begrüßt, so weiß, als seien sie gerade der Waschmaschine entnommen worden. Auch das Wetter brachte keine Abwechslung in die Eintönigkeit des Ausharrens. Immerhin, der Himmel zeigte sich blau und es war warm, die Stunden des Wartens waren eher grau. Ihre direkten Nachbarn, ein junges Paar aus Xanten am Nieder-Rhein, zogen heute wieder ins Nachbarhotel, in dem sie vor ein paar Tagen schon einmal waren. Wegen des besseren Wi-Fis, sagten sie. Das Zimmer des spanischen Paares war leer, sie waren gestern wohl mit Qatar

Airways Richtung Europa gestartet. Außer den Deutschen harrte als einziger weiterer Ausländer noch der schottische Rentner hier aus. Er verhielt sich zurückgezogen, wechselte immer nur ein paar Worte mit den anderen. Angespannt wirkte er nie, er schien einer der Menschen zu sein, die einfach abwarteten, denn er hatte ohnehin keinen Einfluss auf sein aktuelles Schicksal.

Den ganzen Vormittag über hielt der unerträgliche Lärm der Maori an. Von der Leitung des Motels erfuhr Sven, dass heute Morgen einer aus der Gruppe von der Polizei in Richtung Haft abtransportiert worden sei. Seit drei Nächten waren jetzt von 22 Uhr bis 6 Uhr morgens Security-Leute auf dem Gelände. Aber am Tag ging die Party weiter. Für diese Leute war Corona und Lockdown wohl das Beste, was sie seit Langem erlebt hatten.

Die Kernaussagen in der heutigen Pressekonferenz waren:

Wir haben ein lineares Wachstum, obwohl mittlerweile deutlich mehr als 3.000 Tests täglich vorgenommen wurden.

Wir haben signifikant früher gehandelt, als andere, vor allem Europa und die USA. Das klang nicht ohne Stolz.

Der überwiegende Teil der Bevölkerung verhalte sich ganz vorbildlich.

Frau Ardern machte aber anhand von ein paar Beispielen unmissverständlich klar, dass Verstöße innerhalb von vierundzwanzig Stunden ein Gerichtsurteil zu Folge haben würden. Außerdem wurden Risikosportarten von der Liste der noch erlaubten Fitness-Aktivitäten gestrichen. Dazu gehörten auch Kanufahren und Schwimmen im Meer.

Der Tag zog sich zäh von Stunde zu Stunde. Sven und Ling gingen dazu über, Stunden statt Tage zu zählen. Auf Facebook kamen immer wieder die gleichen Fragen hoch. Wer hatte eine E-Mail für den Flug morgen, übermorgen, am Mittwoch bekommen? Bin ich eventuell doch nicht auf der Liste? Habe ich beim Registrieren etwas falsch gemacht? Warum durften Leute mit guter Gesundheit, ohne kleine Kinder und ohne finanzielle Engpässe bereits fliegen und wir, die Familie mit 2 Kleinkindern, die Au-pair-Mädchen ohne Geld, die Rentner mit dringenden Bedarf nach ärztlicher Behandlung immer noch nicht? Es waren reale Sorgen und der Hinweis der Botschaft, dass jeder drankommen werde, wirkte wenig hilfreich.

Alle waren schon zu lange hier in der Isolation, auch wegen des späten Einlenkens der Regierung.

Am heutigen Abend waren in den beiden Facebook-Gruppen neue Meldungen, von erleichterten Leuten, die Tickets für die Flüge am Mittwoch bekommen hatten, zu lesen. Sven beschäftigte sich seit Langem wieder etwas intensiver mit Deutschland, stellte praktische Fragen, wollte wissen, was erlaubt sei, geduldet werde und definitiv untersagt war. Er erfuhr, dass die Deutsche Bahn offensichtlich noch fahre, aber rein private Autofahrten außerhalb des Wohnumfeldes nicht mehr zulässig waren.

Auch heute hob ein Flug der Air Zealand in Auckland ab. Die B777 transportiert 350 weitere Personen nach Deutschland, in ein Land, in dem die Anzahl der Infizierten die Marke von 100.000 überschritten hatte. In Neuseeland war die Zahl der täglichen Neuinfektionen deutlich zurückgegangen. Die offizielle Gesamtzahl betrug 1.039. Es zeichnete sich immer mehr ab, als hätte man die richtigen Maßnahmen getroffen. Die Freunde zu Hause berichteten, dass man sich innerhalb Deutschlands nicht einig sei, nach welchen Kriterien die Zahl der Corona-Toten erhoben werden soll. Länderübergreifend gäbe es innerhalb der EU nicht mal ein Mindestmaß an statistischer Vergleichbarkeit. Wen wunderte es.

Montag, 6. April 2020

Auckland. Neuseeland Tag 12 Corona Alert Level 4.

Etwa gegen 3 Uhr nachts trafen wieder zahlreiche E-Mails ein, wie Sven in Facebook nachlesen konnte. Seitens der Botschaft wurden darin manche Leute aufgefordert, ihre Registrierungsdaten noch einmal zu bestätigen. Andere wurden angehalten, gerade das zu unterlassen, weil ihre Daten schon an eine der beiden Fluggesellschaft weitergegeben worden seien. Natürlich verursachte das aufs Neue Verunsicherung, ja Angst bei denjenigen, die, wie Sven und Ling, immer noch nichts gehört hatten, weder von der Botschaft noch von einer der beiden Airlines. Konnte man wirklich sicher sein, auf der Liste zu stehen? Was sollte diese Aktion? Bestätigen, ohne Inhalte zu ändern? Sollten eventuell Listen gezogen werden, die über das Datum der letzten Änderung sortiert wurden, um damit die immer noch große Zahl der Wartenden zu filtern?

Heute gab es keinen Flug von Auckland nach Frankfurt, aber morgen sollte die erste Lufthansa-Maschine rausgehen. Sie würde bald in Auckland ankommen. Stattdessen startete aber eine Maschine in Christchurch, dem Flughafen für die Gestrandeten auf der Südinsel.

Ein anderes wartendes Paar in ihrem Motel hatte Tickets für Mittwoch bekommen. Eine junge Frau aus Ulm flog heute mit Qatar Airways. Sven und Lings Flug stand schon zum online Check-in bereit, was auch reibungslos funktionierte. Sven ließ die Check-in-Bestätigungen an der Rezeption ausdrucken. Die Bordkarten konnten aber noch nicht ausgestellt werden, was nicht überraschend war, denn Lings Unterlagen, Aufenthaltsgenehmigung und Wohnsitzbescheinigung, mussten manuell beim Check-in überprüft werden.

Sven: Drück die Daumen, dass wir diese letzte kleine Hürde auch noch überspringen.

Ling: Warum machst du dir immer wieder so viele Gedanken? Natürlich wird das alles gut gehen.

Die beiden machten einen letzten Spaziergang in der Umgebung. Er führte über längst bekannte Wege. Plötzlich entdeckten sie doch noch einen 500 Meter langen Pfad, den sie nicht kannten. Sie bauten ihn natürlich in ihren Spaziergang ein. Damit war das Wegenetz hier wirklich komplett mit ihren Fußabdrücken versehen. Schließlich kauften sie noch einmal 10 Masken. Der Preis war unverändert 2,50 NZ$ pro Stück. Der Nachmittag zog sich. Obwohl es jetzt nur noch wenige Stunden waren, wurde gerade diese Wartezeit zu einer gefühlten Ewigkeit.

Die meisten ihrer Maori-Nachbarn mussten heute Vormittag das Motel verlassen. Mit vollgefüllten Tüten zogen sie von dannen. Nur drei, die sich die ganze Zeit über ordentlich verhalten hatten, durften bleiben, sagt der Manager des Motels. Wohin die anderen von der Polizei gebracht wurden, wusste er auch nicht.

Der Metzger aus Flensburg, der mit seiner Frau ebenfalls auf ihrer Etage wohnte, war nicht mehr da, obwohl heute kein Flug ging. Niemand wusste, wohin sie sich verzogen hatten, wahrscheinlich in ein anderes Hotel, vermutete Sven. Ihre früheren Nachbarn vom Nieder-Rhein kamen am Nachmittag zu einem Besuch. Sie erhielten heute die Nachricht, dass sie ihre Registrierungsdaten nicht mehr aktualisieren sollten. Das bedeutete, sie konnten in den nächsten zwei oder drei Tagen mit einem Ticket rechnen. Weitere Nachrichten kamen heute nicht mehr an. Sven vermutete, dass jetzt alle Flüge bis einschließlich 9. April vergeben waren und man mit der weiteren Zuteilung warten wollte, bis die Daten der Verbliebenen aktualisiert waren. Sie packten schon ein paar Sachen ein, brieten sich zwei Steaks und saßen abends, nach vier Tagen, endlich wieder auf der Veranda bei einem Glas Wein.

Die heutige Pressekonferenz war für Sven nicht von großer Bedeutung. 1.106 Infizierte gäbe es jetzt in Neuseeland. Es gelinge immer besser, die einzelnen Fälle exakt nachzuvollziehen, deshalb sei man vorsichtig optimistisch. Aber der Weg sei noch lang und es dürfe nicht einmal daran gedacht werden, ihn auch nur einen Meter weit zu verlassen. Das waren Frau Arderns Botschaften. 103.400 Fälle gab es jetzt in Deutschland. Obwohl das deutlich weniger waren als in Italien oder Spanien, bewegten sich diese Werte jetzt in einen Bereich, wo man 500 mehr oder weniger nicht weiter zur Kenntnis nahm. Die Unterschiede der Zahlen, die von der JHU und dem RKI gemeldet wurden, waren nicht mehr relevant.

Dienstag, 7. April 2020

Auckland. Neuseeland Tag 13 Corona Alert Level 4.

In der Nacht bliebt die Nachrichtenlage ruhig. Am frühen Morgen meldeten sich einige vom Check-in der Lufthansa-Flüge. Eine Boeing 747 startete heute in Christchurch, ein Airbus 380 flog von Auckland ab. Zusätzlich gab es noch jeweils eine Maschine der Air New Zealand von beiden Orten. Viele waren schon zuhause eingetroffen. Sie schrieben über die Vergabe der Sitzplätze, insbesondere wer in der Businessclass sitzen durfte. Es waren nicht immer die, die es wegen ihres Gesundheitszustandes wohl verdient hätten. Beim Check-in hatte es kein Gerangel gegeben, weil mit der Zuteilung der Tickets die Plätze bereits vergeben worden waren. Man berichtete auch über den mageren Service an Bord, doch niemand wollte das als Kritik verstanden wissen. Alle waren schlicht und einfach froh, zuhause zu sein. Die Szenen im Ankunftsbereich des Frankfurter Flughafens wurden von vielen mit Entsetzen geschildert. Zunächst gab es bei der Ankunft keinerlei Gesundheitskontrollen, keine Temperaturmessung, nicht einmal mit einer Wärmebildkamera. Nach der Gepäckausgabe warteten dann 350 Abholer auf 350 Ankommende. Es wurde umarmt, geküsst, alle Abstandsregeln waren vergessen. In Neuseeland war niemand real der Gefahr einer Infektion ausgesetzt, hier auf deutschem Boden angekommen aber sehr wohl. Das passte zum Beschluss des Bundeskabinetts, demzufolge ab dem 10. April alle ankommenden Fluggäste in häusliche Quarantäne gehen mussten. Abgesehen davon, dass das viel zu spät angeordnet wurde, da schon 180.000 Leute zurück waren, konnte der Grund nur darin liegen, dass man bei der Ankunft wirklich Gefahr lief, sich anzustecken. Sven las diese Nachrichten nicht weiter. Sie würden morgen selbst erleben, was in Frankfurt los ist.

Am frühen Morgen, nach unruhigem Schlaf, las er noch einmal die Einreiseregeln für Deutschland und machte Screenshots davon, falls es mit der Polizei zu einer Diskussion kommen sollte. Alles sah nach einem problemlosen Ablauf aus. Noch waren viele vertraute Gesichter im Motel, als sie um 11 Uhr in den Shuttle-Bus zum Flughafen stiegen. Sie wurden mit »Please come back under better circumstances« verabschiedet, nach 13 Tagen. Ein wahrlich langer Aufenthalt in einem Airport-Motel. Vor dem International Terminal war es leer, den ganzen Nachmittag über gingen keine weiteren Flüge und die Lufthansa-Maschine war, wenn auch mit 90 Minuten Verspätung, bereits abgeflogen. Der Check-in Bereich war ausschließlich für den Qatar Airways Flug QR921 vorgesehen. Am Eingang zum Terminal wurden Pass und Ticket kontrolliert, drinnen war nur jeder zweite Schalter geöffnet, um den 2-Meter

Abstand bei der Abfertigung einhalten zu können. Schon drei Stunden vor Abflug hatte sich eine lange Schlange gebildet, die aber ohne Hektik freundlich und gründlich abgefertigt wurde. Mehr als 70 % waren junge Leute unter 30. Einige mit Surfbrett, Wakeboard, Gitarren und großen Rucksäcken. Es waren Leute, die sich nicht nur drei Wochen in Neuseeland aufgehalten hatten. Die Kopie von Lings Aufenthaltserlaubnis war der Schlüssel für ihre Ausreise. Ohne dieses Dokument hätte Deutschland die Einreise nicht erlaubt und das wussten die Fluggesellschaften. Für die eigenen Unterlagen machte eine Angestellte von Qatar Airways ein Foto dieses Dokumentes. Dann hatten sie die Bordkarten in der Hand. Unendliche Erleichterung.

Sven (zum Virus): Das war es für dich. Bleib hier, deine Tage, uns zu verunsichern, sind vorüber. Ich werde von zuhause aus beobachten, wie sie dich hier ausrotten.

Virus: Ich habe Brüdern und Schwestern in Deutschland. So schnell wirst du uns nicht entkommen.

Sven nahm es nicht mehr wahr. Die Leichtigkeit war zurück. Passkontrolle und der Security-Check gingen blitzschnell vonstatten, es gab ja keine Passagiere anderer Flüge. Alle Läden und Lounges waren geschlossen. Hohe weiße Absperrwände waren aufgestellt worden, die die Schaufenster der Geschäfte verbargen. Eine gespenstische Atmosphäre begleitete jeden ihrer Schritte. Um 12 Uhr öffnete ein kleiner Kiosk, in dem nicht alkoholische Getränke, Sandwiches, Nüsse und Obst verkauft wurden. Auf dem Weg zum Abfluggate sahen sie aus dem Fenster eine Maschine der SWISS und den Lufthansa A380, der abseits geparkt auf den Flug morgen Vormittag wartete. Ihre B777 stand am Gate 6, alle anderen Gates waren leer. Die Maschine war bis auf den letzten Platz besetzt. Pünktlich hob sie ab, für einen Flug, der 17 ½ Stunden dauern würde. Als die Maschine Neuseeland unter sich lies und bald danach auf die Tasmanische See zusteuerte, kam Wehmut auf. Was war in den letzten Wochen, es waren ja nur wenige, geschehen? Eine gewaltige Änderung des alltäglichen Lebens, gewissermaßen von einer auf die andere Stunde. Und in Deutschland würde der Alltag auch nicht mehr so sein, wie sie ihn vor ihrer Abreise kannten.

Sie überflogen Australien weit im Süden. Es war anfänglich ein unruhiger, aber nicht unangenehmer Flug. Der Service an Bord war exzellent, die Sitze bequem und das Personal ausgesprochen freundlich. Sie dachten einen Moment an die Flugbedingungen in den Rückhol-Maschinen und waren dankbar, dass Qatar Airways nicht wie alle anderen Fluggesellschaften den Betrieb eingestellt hatte. Um 23:15 Ortszeit landeten sie in Doha. Auch hier waren viele Geschäfte geschlossen, doch noch kamen eine ganze Reihe von Flügen aus Australien und asiatischen Ländern in der Nacht an, und wenige Stunden später gab es zahlreiche Verbindungen zu europäischen Städten.

Gelöst warteten sie auf ihren Weiterflug nach Frankfurt. Der Blick auf WhatsApp und die Internet-Nachrichten verkürzte die Zeit. Neuseeland war weiterhin auf der Erfolgsspur, 1160 Infizierte, eine Zunahme von 54 am Tag ihrer Ausreise. Deutschland meldet 107.700. Interessant zu lesen war auch, dass gerade der neuseeländische Gesundheitsminister gegen die «Stay Home» Auflage verstoßen hatte. Er hatte seine Kinder zu einem 20 Kilometer von seinem Haus entfernter Strand chauffiert und war dabei erwischt worden. Die Polizei meldete den Verstoß ordnungsgemäß. Frau Ardern sagte, dass sie ihn in normalen Zeiten sofort entlassen hätte, aber jetzt müsse er seine Arbeit machen. Die Lage sei zu Ernst, um auch nur einen Tag mit Personalentscheidungen zu vergeuden.

In Deutschland hatte sich ein FDP-Politiker in der Presse damit gebrüstet, dass er wegen seiner guten Beziehungen zum Auswärtigen Amt direkt bei der Botschaft in Wellington interveniert habe und schon am nächsten Tag saßen vier Leute aus seinem Wahlkreis in einem Rückholflieger. Auch so konnten Prioritäten gesteuert werden, dachte sich Sven, blieb entspannt und machte es sich in einem Sessel bequem.

Mittwoch, 8. April 2020

Unterwegs. Neuseeland Tag 14 Corona Alert Level 4.

Während der vierstündigen Wartezeit auf dem Doha-Airport las Sven die neuesten Posts in den Facebook-Gruppen. Der Schwerpunkt verschob sich allmählich zu den Berichten der glücklich zuhause angekommen Leute. Sie erzählten immer wieder von den Flügen, der speziellen Art des Service, von den Menschenmassen bei der Ankunft, von der Freude, trotz aller Unzulänglichkeiten, in Deutschland zu sein. Einige begannen zu fragen, was die Rückholung eigentlich kosten würde. Vor Abflug war das nicht bekannt. Jeder Passagier musste aber eine Erklärung abgeben, mit der man sich verpflichtete, den später festgesetzten Betrag zu zahlen. Von den noch immer Gestrandeten las er eine stets größer werdende Besorgnis, doch vergessen zu werden. Sie warteten alle sehnlichst auf die erlösende Nachricht. Die dritte Gruppe waren diejenigen, die ein Ticket bekommen hatten und deren Abflug kurz bevorstand. Manche von ihnen hatten sogar für den gleichen Tag Plätze für beide Flüge erhalten, manche erhielten Tickets, die auf einen anderen Namen ausgestellt waren, wieder andere wollten wissen, wie sie aus ihrer weit entfernten Unterkunft zum Flughafen kommen können. Am gestrigen 7. April waren letztendlich vier Maschinen in Richtung Frankfurt gestartet und zahlreiche Leute der Reserveliste wurden mitgenommen. Es gab auch ein paar, die erst eine Stunde vor Abflug angerufen wurden, weil sie auf einer dritten Liste registriert waren. Dort konnten sich diejenigen eintragen lassen, die nach einem Anruf innerhalb von 15 Minuten am Flughafen sein konnten. Die Zahl der Wartenden war also wieder um 1.500 geschrumpft.

Auch die Botschaft meldete sich wieder auf Facebook und fordert alle, die bisher überhaupt nichts gehört hatten auf, ihre Daten erneut zu bestätigen. Das war jetzt schon die dritte oder vierte Aufforderung. Es wurde auch klar gesagt, dass auf keinen Fall alle zu Ostern zuhause sein können. Sven war gespannt, wann er eine E-Mail erhalten wird.

Auch die Qatar Airways-Maschine von Doha nach Frankfurt war nahezu ausgebucht. Der Flug dauerte nur kurze 5 ½ Stunden, dann landeten sie auf dem Rhein-Main-Airport in Frankfurt. Überall standen geparkte Lufthansa-Maschinen auf dem Gelände, der Flugverkehr war nahezu zum Erliegen gekommen. Der Grenzpolizist prüfte Lings Dokumente gründlich, insbesondere die Kopie der Aufenthaltserlaubnis, dann durfte sie einreisen. Er händigte ihr noch ein Informationsblatt über das Virus aus, in dem über Abstandsregeln und Händewaschen informiert wurde. Das war alles. Seine Stimme hörten sie nicht, er blieb stumm. Deutsche Einreisende, die die maschinelle Passkontrolle nutzen konnten, erhielten nicht einmal dieses Blatt. Warum wurde hier immer noch keine Temperatur gemessen? Warum wurde nicht wenigstens ein Gesundheitsfragebogen ausgehändigt? Da das Terminal 2 mittlerweile geschlossen war, parkte die Maschine im Bereich B des Terminals 1. An den Karussells der Gepäckausgabe wurde nur noch ein weiterer Flug, aus Helsinki, ausgeliefert. Vor dem Ausgang warteten sehr viele Menschen auf ihre Liebsten, aber es herrschte nicht das Gedränge, über das von den Leuten aus den Rückholfliegern berichtet wurde.

Sie fuhren mit der Bahn nach Hause. Die Züge waren gähnend leer, man musste keine Sorgen haben, den erforderlichen Abstand einzuhalten. Sie machten als Erstes einen Großeinkauf, um nicht in Einkaufstrubel vor Ostern zu geraten. Es ging auch hier sehr ruhig zu. Aus den 2-Metern, die in Neuseeland das Maß für den Mindestabstand waren, wurden in Deutschland 1,5 Meter. Können die Viren hier nicht so weit fliegen wie in der klaren Luft am anderen Ende der Welt? Im Supermarkt sahen sie so gut wie keine Leute, die eine Maske trugen. Es gab auch kein Sicherheitspersonal, das den Einlass regelte. Griffe der Einkaufswagen und Tastaturen zur PIN-Eingabe wurden ebenfalls nicht gereinigt. Allerdings waren an den Kassen Scheiben aus Plexiglas angebracht worden, um das Verkaufspersonal zu schützen.

Am ersten Tag zuhause meldete Neuseeland: 1.210 Infizierte, 50 mehr als am Vortag. In Deutschland waren es jetzt 113.300, also deutlich über 5.000 Neuinfektionen an einem Tag. In beiden Ländern war etwa die Hälfte der Zeit des Lockdowns vorüber. In

Neuseeland war bereits klar zu sehen, wie sich der Erfolg einstellte. In Deutschland war dieser noch nicht zu erkennen.

Dann mussten sie sich von der langen Reise erholen. In den nächsten Tagen hatten sie ausreichend Zeit, sich zuhause zu akklimatisieren und in Erfahrung zu bringen, wie sich das Leben daheim gegenüber Anfang März verändert hatte.

Heute begann man in China ganz vorsichtig damit, Wuhan, das Epizentrum der Pandemie, wieder zum Leben zu erwecken. 76 lange Tage hatte der Lockdown dort gedauert. Ling war stolz über die Erfolge des Kampfes gegen Corona in ihrem Heimatland.

Im Lockdown – Teil 2

Donnerstag, 9. April 2020

Zuhause. Neuseeland Tag 15 Corona Alert Level 4.

Mit Interesse verfolgte Sven weiterhin die Pressekonferenzen in Neuseeland. Heute klang alles sehr zuversichtlich, wenngleich neue Quarantänemaßnahmen ab dem 10. April in Kraft treten sollten. Alle Neuseeländer, hieß es, die nach Hause zurückkehren, müssen für zwei Wochen in Zwangs-Quarantäne. Damit werde die bisher geltende Anordnung zur Selbstisolation zu Hause ersetzt. Diese Quarantäne werde nicht zuhause stattfinden, sondern in Hotels, die von der Regierung angemietet worden seien. Alle Kosten für Unterkunft und Verpflegung sowie für notwendige medizinische Maßnahmen werde der Staat tragen. Bisher hätte eine so strikte Regel nicht praktiziert werden können, weil die Anzahl der Zurückgereisten mit 40.000 Personen die Kapazität der Hotelbetten im Land übertroffen hatte.

Die Organisation der Rückholflüge wurde über Nacht grundlegend geändert. Die Botschaft forderte alle, die noch immer keinen Rückflug bekommen hatten, auf, sich per E-Mail bei der Botschaft zu melden. Die Daten in der Rückhol-App spielten offensichtlich keine Rolle mehr. Bald danach kam die ergänzende Aufforderung, dass sich alle, die in wenigen Stunden am Flughafen sein können, sofort per E-Mail melden sollten. Dazu wurde von der Botschaft eigens eine E-Mail-Adresse eingerichtet.

Sven und Ling gingen als Erstes zum Bürgeramt, um den eAT abzuholen. Die einzige Front-Office-Mitarbeiterin öffnete ein

Fenster zur Straße, durch das sie ihr das Dokument aushändigte. Das Betreten des Raumes war untersagt. Dann gingen sie zum Bäcker und zu einem Obsthof. Beide waren zu ihrem Erstaunen geöffnet. Schon an diesem ersten Tag war klar zu sehen, dass der Begriff Lockdown in Deutschland doch wesentlich mehr Aktivitäten zuließ, als in Neuseeland. Es waren sehr viel mehr Menschen auf den Straßen unterwegs und auch der Autoverkehr war wesentlich dichter. Doch direkte soziale Kontakte waren untersagt. Mit Ausnahme der Familienmitglieder durfte man sich nur mit maximal einer weiteren Person treffen, wobei der Mindestabstand einzuhalten war. Das war also die deutsche Variante der neuseeländischen «Bubble».

Nach den vielen Wochen der Kommunikation über WhatsApp nutzten sie ab jetzt das Telefon viel häufiger als Mittel zum Informationsaustausch. Nachdem alle Fragen zum persönlichen Befinden rasch beantwortet waren – alle waren Gott sei Dank gesund – begann wie erwartet eine inhaltliche Diskussion rund um das Leben mit dem Virus.

Sven: Lasst uns einen Blick auf ein paar Fakten werfen. Nachdem der Lockdown jetzt zwei Wochen in Kraft ist, werden deutlich unter 50 Neuinfektionen in Neuseeland gemeldet, heute sind es nur 29 neue Fälle, insgesamt also 1.239. Die Anzahl der Tests beträgt bereits über 51.000, das heißt 2,5 % davon sind positiv. Das Ziel einer Durchseuchung von 70 % gab es in Neuseeland nie. Die Regierung strebt an, das Virus zu eliminieren, also Null neue Infektionen am Ende der Maßnahmen über einen längeren Zeitraum.

Freund-1: Die Aufgabe der Virusbekämpfung in Neuseeland ist unterkomplex.

Sven: Nun ja, die Kiwis haben zwar nur 1/16 unserer Bevölkerung, aber eben auch nur 1/16 der Ressourcen. Die relative Menge der Arbeit ist für Neuseeland ebenfalls eine Herausforderung. Entscheidend ist aber, dass die Kiwis sehr schnell gehandelt haben, während Deutschland zu lange zugesehen hatte. Das hat mit Unterkomplexität nichts zu tun. Es braucht auf jeden Fall noch ein paar Tage, um zu sehen, wie erfolgreich die Maßnahmen sein werden. Jedenfalls haben sie den Laden drei oder vier Wochen früher dichtgemacht, als die Länder in Europa.

Freund-1: Egal, Neuseeland hat keine Landgrenzen, nur minimale wirtschaftliche Interaktion, geringere Bevölkerungsdichte. Einen Bezug zu Europa herzustellen ist wie Äpfel mit Birnen zu vergleichen.

Sven: Stimmt, ist aber nicht alles. Rugby Spiele haben Zigtausende Anhänger und Zuschauer. Die sind in Neuseeland viel früher abgesagt worden, obwohl das ins Herz Hunderttausender Fans traf. In Europa hingegen fanden, bei schon deutlich mehr Fällen, weiterhin bedenkenlos Champions League und Bundesligaspiele mit 50.000 Zuschauern im Stadion statt. In Neuseeland gibt es große Festivals, alle längst abgesagt, in Deutschland hingegen wurde fröhlich und gedankenlos Karneval gefeiert. Entscheidend ist aber, glaube ich, dass sie durch die verhältnismäßig vielen Tests eine sehr große Datenbasis haben und die Dunkelziffern schon jetzt deutlich niedriger sind als hier. In zwei bis drei Wochen wird man sehen, ob frühzeitiges Handeln ein Vorteil oder letztlich nicht von Relevanz ist.

Es gab auch heute wieder vier Rückholflüge. Die Aktion lief also bestens. Die Zahl der Infizierten stieg weiterhin unterschiedlich stark, relativ gesehen, absolut sowieso. In Neuseeland auf 1.239, in Deutschland auf 118.200.

Freitag, 10. April 2020

Zuhause. Neuseeland Tag 16 Corona Alert Level 4.

Svens Kopf war viel freier als zu Zeiten des Lockdowns in Neuseeland. Es war nicht die Angst vor dem Virus. Diese hatte er nie und auch hier in Deutschland war sie nicht aufgekommen. In Neuseeland waren es schlicht und einfach die Sorgen, in einer Extremsituation keine Spielräume für eigenständiges Handeln mehr zu haben. Hier in der gewohnten Umgebung war es deutlich einfacher, bei Bedarf die Entscheidungen zu treffen, die er für angemessen hielt. Das Virus sprach jetzt nicht mehr mit ihm. Dessen deutsche Brüder und Schwestern, mit denen es sie am Tag des Abflugs in Auckland verabschiedet hatte, waren nicht gegenwärtig. Gleichwohl bestimmte Corona auch weiterhin nahezu das ganze Leben. Der Lockdown in Neuseeland war aber so prägend für ihn, dass er nicht einen Tag verpasste, sich mit der Entwicklung dort zu beschäftigen.

Die Anzahl der Infizierten in Neuseeland war wieder etwas stärker angestiegen. Bestätigte und wahrscheinliche Fälle nahmen am anderen Ende der Welt um 44 auf 1.283 zu. Heute gab es keine Pressekonferenz, der Karfreitag war ein sehr wichtiger Feiertag in Neuseeland. An diesem Tag blieben, im Gegensatz zu Ostersonntag und Ostermontag, die Geschäfte geschlossen und auch das politische Leben, sofern das jetzt überhaupt möglich war, verschwand für einen Tag aus dem Blickfeld. Gottesdienste fanden nicht statt, denn Kirchen waren im Alert Level 4 geschlossen. Der zweite Todesfall wurde gemeldet. Eine Frau über 90 mit einer ganzen Reihe altersentsprechender Krankheiten war zwei Tage nach einem positiven Test verstorben. Auch in Neuseeland wurde nicht zwischen «an» und «mit» Corona Gestorbenen unterschieden. Es war absurd, wie die Corona-Toten gezählt wurden.

In Deutschland trat heute die Quarantänepflicht für alle in Kraft, die über Land, Wasser oder Luft einreisten. Am Flughafen erhielten die Rückkehrer einen Zettel, auf dem sie lesen konnten, dass sie sich bei ihrem Gesundheitsamt zu melden haben. Dort würden sie erfahren, wie die Quarantäne konkret ablaufen werde. Es war davon auszugehen, dass es keine bundeseinheitliche Regelung gab.

Beim Spazierengehen stellten Sven und Ling fest, dass sich die Deutschen genauso verhielten, wie die Neuseeländer. Man hielt Abstand voneinander, ging sich aus dem Weg. Ganz anders waren ihre ersten Erfahrungen hingegen mit Radfahrern. Diese waren deutlich zahlreicher als in Neuseeland, blieben stur auf ihrer Spur und fuhren auch im Abstand von nur 50 Zentimeter an entgegenkommenden Fußgängern vorbei.

Große Erfolge schien der Lockdown in Deutschland noch immer nicht zu haben. Unter den Getesteten gab es wieder 4.000 Neuinfizierte.

Die Botschaft kündigte an, dass am 14. April der letzte Rückholflieger abheben werde. Sven war sehr gespannt, ob er jemals eine persönliche Information erhalten wird. Die Rückholaktion freilich lief in der gewohnten Dichte weiter.

Samstag, 11. April 2020

Zuhause. Neuseeland Tag 17 Corona Alert Level 4.

Der Countdown der Rückflüge war angelaufen. Für zwei weitere Tage waren Flüge von Christchurch geplant. Von Auckland sollte noch an drei weiteren Tagen geflogen werden, dann würde die Aktion abgeschlossen sein. Plätze wurden jetzt ausnahmslos an diejenigen vergeben, die sich per E-Mail direkt an die Botschaft wandten. Bei den letzten Flügen hatte es eine sehr große Zahl von No-Shows gegeben, sodass einige Sitze, trotz Reserveliste, frei blieben. Die Botschaft informierte, dass man jetzt auch ohne formal ausgestelltes Ticket zum Flughafen kommen solle. Bei einer Kontrolle durch die Polizei reiche es aus, die E-Mail-Kommunikation mit der Auslandsvertretung vorzulegen, denn damit sei hinreichend dokumentiert, dass man bei der Rückholaktion angemeldet sei.

Sven und Ling stiegen aufs Rad zu einer Tour durch die Region. Endlich eine Abwechslung zu den ständigen Spaziergängen. Sehr viele Menschen waren heute bei herrlichem Frühsommerwetter unterwegs. Auf den schmalen Radwegen gab es kaum Gelegenheit, die erforderlichen 1,5-Meter Abstand einzuhalten. In den nächsten Tagen würden sie daher auf das Radfahren verzichten. Ihnen war noch unklar, in welchem Umfang man das Auto benutzen durfte. Es schien aber unproblematisch zu sein, damit auch Orte anzusteuern, die sich weiter entfernt vom Wohnort befanden, um dort zum Beispiel zu wandern. Das war nirgendwo so präzise formuliert, wie in Neuseeland.

Heute meldeten beide Länder Zahlen, die auf den Erfolg der strikten Maßnahmen hindeuteten. 29 Fälle waren in Neuseeland hinzugekommen, womit die Gesamtzahl 1.312 erreicht hatte. Die Zahl der Genesenen hatte die der aktiv Infizierten mittlerweile deutlich übertroffen. Auch in Deutschland wurde ein Rückgang der

Neuinfektionen registriert. Mit 2.700 neuen Fällen lag die Gesamtzahl jetzt bei 124.900.

Sonntag, 12. April 2020

Zuhause. Neuseeland Tag 18 Corona Alert Level 4.

Ostersonntag. In Deutschland war bei dem herrlichen Wetter viel los. Autos, Motorräder, Spaziergänger, Radfahrer. Wo man hinschaute, waren Menschen unterwegs. Sven ahnte, wie ruhig es an diesen Feiertagen in Neuseeland war. Auch wenn man es wollte, in vielen Fällen gelang es nicht, den 1,5-Meter Abstand einzuhalten. Vor allem Radfahrer waren dabei, wie schon gestern erlebt, recht ungeniert. Sven war sicher, dass das Gebot des Abstandhaltens nur bedingt sinnvoll war, wenn man gleichzeitig nahezu unbegrenzt Freizeitaktivitäten erlaubte.

Die Botschaft informierte, dass mangels Nachfrage die letzten Rückholflieger am 13. April rausgehen würden. Es wurden keine Tickets mehr ausgestellt, keine E-Mails mehr verschickt. Wer fliegen wollte, sollte zum Flughafen kommen. Das Flugticket wurde garantiert. Pragmatismus hatte die Oberhand gewonnen.

Neuseeland meldete die geringste Zahl an Neuinfektionen seit Beginn des Lockdowns. Nur 18 waren dazugekommen, was die Gesamtzahl auf 1.330 erhöhte. Diese sehr positive Nachricht wurde aber dadurch relativiert, dass über die Osterfeiertage deutlich weniger Test stattfanden.

China, das Land, in dem das Virus als Erstes in Massen auftrat, kommunizierte seine konkreten Pläne für die Öffnung von Schulen, Universitäten und Betrieben. Alles werde zwischen Ende April und Mitte Mai erfolgen. Das Abitur wurde um vier Wochen verschoben. Die Bildungseinrichtungen waren insgesamt für drei Monate geschlossen. Wie lange würde es in Deutschland dauern? Sven hörte schon nach nicht einmal vier Wochen jede Menge Klagen und Sorgen. Auch für Deutschland gab es neue erfreuliche Zahlen. 127.000 Infizierte am Ostersonntag, nach einem Anstieg von 2.100.

Jeder wusste, dass auch hier der Ostereffekt, also weniger Tests, nicht vergessen werden durfte. Die Politiker hingegen nutzen diese Zahlen, um sich gegenseitig mit Lob zu überschütten.

Montag, 13. April 2020

Zuhause. Neuseeland Tag 19 Corona Alert Level 4.

Der letzte Rückholflieger hatte Auckland heute Abend verlassen. Es war ein emotionaler Augenblick, denn der Pilot durfte eine Schleife über die Stadt fliegen, deren TV-Tower dafür extra in schwarz-rot-goldenem Licht ausgeleuchtet war. Es war auch der Moment, in dem das unmittelbare Erlebnis des gestrandet seins bei Sven und Ling langsam verblasste. Sie hatten sich an die neue Realität in Deutschland gewöhnt. Und trotzdem verging kein Tag, an dem sich Sven nicht mit Neuseeland beschäftigte.

Die Nachrichten in den beiden Facebook Gruppen waren stark zurückgegangen. Zahlreiche Dankbekundungen an alle, die bei der Rückholaktion mitgeholfen hatten, dominierten die Posts. Als neues Thema wurde die Quarantäne zuhause entdeckt, die für die Rückkehrer seit dem 10. April verbindlich war. Es herrschte Verwirrung über deren konkreten Ablauf, der nach ersten Erfahrungsberichten regional sehr unterschiedlich geregelt zu sein schien. Mit der Quarantäne in Neuseeland hatte das alles nicht die geringste Ähnlichkeit. Des Weiteren wurden erste Erfahrungen mit dem Lockdown in Deutschland kommentiert. Die Meinungen waren eindeutig. Im Gegensatz zu Neuseeland ging es hier deutlich lockerer zu.

Neuseeland meldete heute 19 neue Infizierte und erreichte damit 1.349 in Summe, in Deutschland kamen mehr als 3.000 hinzu, was zu einer Gesamtzahl von 130.100 führte.

In ihrer privaten WhatsApp-Gruppe diskutierten sie heute über eine Heidelberger Rechtsanwältin. Die Bundesanwaltschaft ermittelte gegen sie, nachdem sie angekündigt hatte, beim Bundesverfassungsgericht gegen die Einschränkung von Grundrechten Klage einzureichen. Einer der Freunde machte sich die Mühe, alle Verordnungen zu studieren, die die rechtlichen Grundlagen für die großen Einschränken bildeten. Das war eine riesige Menge von Dokumenten, da jedes Bundesland sein eigenes Regelwerk erlassen hatte. Immerhin gab es auf Wikipedia eine ziemlich komplette Zusammenstellung davon.

Sven: Lasst uns mal über die Intentionen der Maßnahmen sprechen. Ist eigentlich irgendwo nachzulesen, woran und wie der Erfolg der ganzen Aktionen gemessen wird? Gibt es quantitative oder andere Kriterien oder Ziele, die man erreichen will oder lässt man sich seitens der Regierung bewusst Interpretationsspielraum, um leichter von Erfolgen sprechen zu können?

Freund-2: Ich denke, die Verdopplungszeit der Infektionen ist ein guter Maßstab. Die lag am Anfang in Deutschland und vielen anderen Ländern deutlich unter zehn Tagen. Heute sind es zwanzig Tage bei uns, das heißt, bei einer durchschnittlichen Krankheitsdauer von zwanzig Tagen bleibt die Situation in den Kliniken so, wie sie jetzt ist. Noch längere Verdopplungszeiten würden die Lage entspannen, kürzere zur Eskalation führen.

Sven: Ich kann aber nirgendwo lesen oder hören, dass das immer noch das Ziel der Regierung ist. Das wurde so vor drei Wochen letztmalig dargestellt.

Eine klare Antwort auf die Frage hatte niemand von ihnen.

Sven: Vielleicht bringt die für morgen angekündigte Pressekonferenz Licht ins Dunkel?

Dienstag, 14. April 2020

Zuhause. Neuseeland Tag 20 Corona Alert Level 4.

Sven und Ling machten die nächste Erfahrung im öffentlichen Raum, als sie zu ihrem Postamt gingen, das weiterhin ganz normale Öffnungszeiten hatte. Da immer nur zwei Kunden zur gleichen Zeit im Innenraum sein durften, hatte sich draußen eine Schlange von mehr als zehn Personen gebildet, die alle einen großen Abstand voneinander hielten. Eine Maske trugen aber nur zwei von ihnen. Sven hatte jetzt immer eine Gesichtsmaske dabei und sobald er auf eine Ansammlung mehrerer Menschen traf, setzte er sie auf. Ling, die Chinesin, machte das selbstredend ebenso. «Masken-Menschen» in Deutschland wirkten merkwürdig.

Das RKI meldete sich in einer Pressekonferenz zu Wort. Es sah einen klaren Trend zu rückläufigen Fallzahlen. In den Medien wurde bereits heftig über Lockerungsszenarien spekuliert, manche Journalisten forderten sie ein. Morgen werde es eine Videokonferenz zwischen der Bundeskanzlerin und allen Ministerpräsidenten geben, in der über die Zeit nach dem Lockdown gesprochen und Entscheidungen getroffen werden sollen. Auch in Neuseeland wurde über den Übergang zu Alert Level 3 diskutiert, allerdings wies Frau Ardern alle Spekulationen darüber von der Hand. Entschieden werde am nächsten Montag und keinen Moment früher. Man wolle erst die Zahlen der kommenden Tage abwarten.

Neuseelands Zahlen entwickelten sich so, wie von den Entscheidungsträgern erhofft. Mit lediglich 17 neuen Fällen stieg die Gesamtzahl auf 1.366, in Deutschland kamen nur 1.100 Fälle hinzu. Jetzt waren es insgesamt 131.400. Neuseeland weitete die Zahl der Tests immer stärker aus. Es wurden nicht mehr nur Verdachtsfälle getestet, sondern auch erste Stichproben von Mitarbeitern in Supermärkten und Altenheimen. Die große Mehrzahl der Tests war negativ, der Anteil der positiv Getesteten an der Gesamtzahl der Tests sank auf unter 2 %, das war eine bemerkenswerte Zahl.

Mittwoch, 15. April 2020

Zuhause. Neuseeland Tag 21 Corona Alert Level 4.

Der Lockdown, obwohl im Detail sehr unterschiedlich praktiziert, hatte in beiden Ländern zu Erfolgen geführt. In Neuseeland war er aufgrund der klaren Zielsetzung mit Zahlen konkret zu belegen, in Deutschland war eine quantitative Erfolgsmessung schwierig, weil es keine entsprechenden Ziele gab. Aber sowohl die

Bundesregierung als auch alle Bundesländer lobten sich selbst für das Erreichte. Als wirksames Mittel, die Bevölkerung davon zu überzeugen, nutze man die Methode des Vergleichs. Man suchte sich andere Länder aus, in denen die Anzahl der Infizierten und der Corona-Toten deutlich höher war. Sven hörte aber auch, dass der Zwischenerfolg als fragil bezeichnet wurde. In beiden Ländern wurden jetzt Details für die demnächst anstehende neue Phase diskutiert, es ging um Lockerungen. In Neuseeland wurde dafür die schon seit Langem ausgearbeitete Alert Level Definition zugrunde gelegt, in der der Spielraum der Lockerungen grundsätzlich festgelegt war. In Deutschland schien es eher eine Sequenz von Einzelmaßnahmen zu werden, die auf keinem übergeordneten Masterplan basierten.

Wieder machten die Pressekonferenzen den Unterschied aus. In Neuseeland verkündeten Ardern und Bloomfield klar und präzise in 10 Minuten die Maßnahmen und die aktuelle Lage. 40 Minuten bleiben den Journalisten. Wenigstens 50 Fragen prasselten auf die beiden ein. Sie beantworteten jede einzelne kurz und präzise. Nicht einmal blieb man vage oder redete am Thema vorbei. In Deutschland sprachen vier Personen sehr lange und die Fragezeit der Journalisten war deutlich kürzer als die gesamte Redezeit der Regierungsvertreter. Mehr als fünf Fragen konnten nicht gestellt werden, dann war die Zeit abgelaufen. Wenn sich die Antwort nicht auf die konkrete Frage bezog, wurde trotzdem nicht nachgehakt.

Die Bundesregierung hatte Richtlinien verabschiedet, die sie den Ministerpräsidenten der Länder mit auf den Weg gab. Diese würden in den Tagen danach über die konkrete Ausgestaltung der Maßnahmen entscheiden. Zu einer Pflicht zum Tragen von Masken konnte sich der Kreis der Teilnehmer nicht durchringen, stattdessen appellierte die Kanzlerin dringend, dass man freiwillig Masken beim Einkaufen und im öffentlichen Personen-Nahverkehr tragen solle. Auch bei der Wortwahl zeigte sich, wie schwer man sich mit der Thematik tat. Statt einfach Masken zu sagen, jeder wusste, was damit gemeint war, bezeichnete einer der Redner sie als Mund-Nasen-Schutz, ein anderer benutzte den Begriff Alltagsmaske, ein dritter sagte Community-Maske dazu. Die Kanzlerin verwendete gleich alle Begriffe und verband sie mit dem Wort «oder».

Es wurde auch bekannt gegeben, dass Einzelhandelsgeschäfte mit einer Verkaufsfläche bis zu 800 Quadratmetern wieder öffnen dürfen. Über Szenarien zur langsamen Öffnung von Kindergärten und Schulen wurde gesprochen, aber noch nicht entschieden. Die Kontaktsperre blieb aber unverändert. Alle Maßnahmen der Lockerung sollten am Montag, den 20. April in Kraft treten.

Die Botschaft in Wellington schrieb auf ihrer Homepage, dass die Rückholaktion nun offiziell beendet sei. Sie nannte einige statistische Zahlen. 10.000 Menschen wurden mit 26 Flügen nach Hause gebracht.

Am Vormittag fand sich die kleine Gruppe heute zu einem virtuellen Treffen per Video zusammen.

Sven: Welche Quelle nutzt ihr, um die Fallstatistiken einzusehen?

Freund-1: Ich nutze worldometers. Dort gibt es konkrete Zahlen zu Infizierten, Toten, Tests und vieles andere. Die ganze Welt ist abgedeckt und die Daten werden permanent aktualisiert.

Freund-2 reagierte: Wenn du dir aber die Herkunft der Daten anschaust, geht es wild durcheinander. Presseartikel, News-Channel und Gesundheitsministerien werden von worldometers genutzt, manche der Quellen sind selbst schon Zweitverwerter.

Sven: Mit den Zahlen kann man wirklich schön herumspielen. Ich habe mir gerade die Anzahl der Tests angesehen. Demzufolge sind in Deutschland 8 % aller Getesteten infiziert, in Neuseeland liegt dieser Wert unter 2 %. Offenkundig hat man andere Kriterien, wer getestet wird.

Freund-1: Das ist alles relativ. Es gibt keine einheitliche systematische Zählweise. Aber immerhin bekommt man eine Vorstellung. Auf die absoluten Zahlen soll man nicht so genau schauen.

Sven: Ja, da stimme ich zu.

Das Video-Treffen endete mit der Frage, ob jemand eine Prognose für den Termin ihres nächsten realen Treffens geben wolle. Keiner wagte eine Vorhersage.

Fortan nutzte Sven täglich diese Quelle. Die Daten der JHU waren sehr ähnlich, die des RKI lagen immer darunter. Bei der großen Zahl der Fälle waren die Unterschiede aber nicht mehr von Bedeutung. Für Neuseeland gab es sowieso keine Differenzen, die Behörden veröffentlichten ihre Zahlen absolut konsistent, einmal am Tag.

Heute hatte Neuseeland 20 neue Fälle bekanntgegeben, die Gesamtzahl war auf 1.386 gestiegen. In Deutschland gab es einen Anstieg um 3.400 Fälle, was zu einer Summe von 134.800 führte.

Sven hatte gestern einen zweiten Artikel geschrieben, der von den letzten Tagen ihres gestrandet seins in Neuseeland bis zur Rückkehr nach Deutschland handelte. Die Redaktion der regionalen Zeitung antwortet umgehend mit der Zusage, ihn am nächsten Tag zu veröffentlichen.

Donnerstag, 16. April 2020

Zuhause. Neuseeland Tag 22 Corona Alert Level 4.

In Deutschland kam jetzt die große Stunde der Ministerpräsidenten. Was gestern noch als einvernehmliches Ergebnis der Diskussion mit der Bundesregierung deklariert wurde, bekam schon heute in einigen Bundesländern eine spezifische Einfärbung. Ein erstes Land verhängt eine Mund-Nasen-Schutz-Pflicht.

In Neuseeland machte Premierministerin Ardern erneut unmissverständlich klar, dass die konkreten Regelungen und der Termin für Alert Level 3 erst am kommenden Montag bekanntgegeben würden. Heute erhielt Sven eine E-Mail vom neuseeländischen Gesundheitsministerium. Er hatte nachgefragt, was man unter «probable cases» verstand, denn diese wurden ebenfalls zu den Infizierten gezählt. Die Antwort war präzise. Die Steigerung der Zahlen verlief in Neuseeland so, wie sie in den optimistischen Projektionen errechnet worden waren. Es kamen 15 neue Fälle hinzu, die Gesamtzahl betrug jetzt 1.401. In Deutschland erhöhte sich die Zahl der Neuinfektionen um ähnliche Werte, wie an den Vortagen. 2.900 neue Fälle ließen die Gesamtzahl auf 137.700 steigen.

Am Nachmittag fand ein kurzer Austausch über WhatsApp statt.

Freund-2: Habe heute Morgen in der Apotheke OP-Masken bestellt und sie eben abgeholt. 36 Euro für 20 Stück.

Sven: Mitte Januar habe ich für uns bereits einen Vorrat von 50 Stück gekauft. Das Paket kostete damals 20€. Der Preis entwickelt sich mit der Knappheit.

Dann kamen sie noch einmal auf die Ziele des deutschen Lockdowns zu sprechen.

Sven: Mir geht die Frage nach dem Ziel nicht aus dem Kopf. Durch den langen Aufenthalt in Neuseeland habe ich die Entwicklung in Deutschland nur bruchstückhaft mitgekriegt. Anfang der zweiten Märzwoche hatte ein Virologe, auf dessen Einschätzung unsere Regierung wohl großen Wert legt, von der Notwendigkeit einer Durchseuchung der Bevölkerung als sinnvolles Ziel gesprochen. Einen Zeitraum dafür hatte er nicht genannt. Frau Merkel hatte das dann so auch als politisches Ziel der Regierung wiedergegeben. Ich habe mal ganz konservativ nachgerechnet. Selbst bei einem Zeitraum von fünf Jahren und 60 % Durchseuchung wären das 27.000 Infizierte pro Tag. Von diesem Vorhaben hörte man bald nichts mehr, es scheint als Ziel in der Versenkung verschwunden zu sein. Dann wurde das Ziel geändert, jetzt galt es, die Verdopplungszeit deutlich zu verlängern. Auch davon ist nichts mehr zu lesen. Gestern in der Pressekonferenz war weder von der absoluten Zahl der Infizierten noch von den Todesfällen die Rede, ja nicht einmal Worte des Mitempfindens mit den Angehörigen wurden ausgesprochen. Diese Zahlen zu drücken sind wohl auch kein konkretes Ziel, wenn überhaupt nur ein indirektes Folgeziel. Jetzt scheint die Zielgröße zu sein, dass unser Gesundheitssystem nicht zusammenbricht. Zumindest ist das bis dato wohl erreicht worden. Ist das wirklich das einzige Ziel all dieser Maßnahmen?

Freund-1: Gestern Abend gab es in einer Talkshow Politiker und Virologen, die sich sehr skeptisch, zu den geplanten Lockerungen geäußert haben. Die Lockerungen kommen zu stark und viel zu früh. Es müsse jetzt darum gehen, die Reproduktionszahl, also die Anzahl der Menschen, die ein Infizierter durchschnittlich ansteckt, auf einen Wert von deutlich unter 1 zu bringen. Das hatte auch die Kanzlerin als wichtiges neues Ziel genannt. Die Chinesen begannen übrigens mit Erleichterungen, als der Wert bei R=0,35 lag.

Sven: Das RKI sagt, bei uns liege dieser Wert jetzt zwischen 0,7 und 0,9. Unser Risiko bei einer zweiten Welle sei hoch, hieß es trotzdem. Wir hätten keine Reserven, dürften uns keinen Fehlversuch erlauben. Die Rückkehr zum aktuellen Lockdown würde zu großen Unruhen in der Bevölkerung führen, falls wir jetzt zu früh die Zügel schleifen ließen.

Es waren Zeiten, in denen man nur aufgrund von Annahmen Entscheidungen treffen konnte.

Freitag, 17. April 2020

Zuhause. Neuseeland Tag 23 Corona Alert Level 4.

Endlich mal ein Tag, ohne intensive Beschäftigung mit Corona. Das Hirn musste auch einmal abschalten. Als einzige Meldung aus Neuseeland las Sven heute, dass zwei Personen in Auckland Jacinda Ardern vor dem Obersten Gerichtshof des Landes verklagt hatten, weil sie die Maßnahmen des Lockdowns als nicht angemessen erachteten. Die Klage war zumindest angenommen worden.

In Deutschland war der Überbietungswettbewerb zwischen den Bundesländern voll entbrannt. Nur noch drei Tage, bis zu den Lockerungen. Da galt es fantasievoll zu konkretisieren. Weitere Bundesländer verhängten eine Maskenpflicht. Bayern erhöhte die Anzahl der physischen Sozialkontakte außerhalb der Familie von null auf eins, folgte also der Regel, die bisher schon in allen anderen Ländern galt. Außerdem wurde im Detail festgelegt, welche Art von Einzelhandelsgeschäften öffnen durften. Sven war sich sicher, dass das über das gesamte Wochenende so weitergehen wird.

Der tägliche Blick auf die Statistik fehlte trotzdem nicht. 8 neue Fälle wurden in Neuseeland festgestellt, was zu einer Gesamtzahl von 1.409 führte. 3.500 weitere Fälle summierten sich in Deutschland auf 141.400.

Samstag, 18. April 2020

Zuhause. Neuseeland Tag 24 Corona Alert Level 4.

Wie so oft hörte sich Sven als Erstes die Pressekonferenz aus Neuseeland an. Es war wohltuend, zunächst konkrete und konsistente Zahlen über die Entwicklung in den letzten vierundzwanzig Stunden zu bekommen und anschließend Frau Ardern zuzuhören, die mit Vertrauen schaffender Stimme und Inhalten ihre Entscheidungen begründete, Hintergrundinformationen gab und den Journalisten weiterhin sachkundig und leidenschaftlich antwortete.

In Deutschland hingegen erlebte Sven, nahezu im Minutenabstand, wie Meldungen aus den Bundesländern hochkamen, die in einer unglaublichen Dynamik über immer neue Einzelmaßnahmen informierten. Jetzt war die Maskenpflicht bereits in fünf Bundesländern angeordnet worden. Erstaunlicherweise durften in der nächsten Woche in einigen Bundesländern wieder Shopping-Malls aufmachen, unter strengsten Auflagen, was die Abstandhaltung angeht, verstand sich.

Persönlich hatten sich Sven und Ling längst mit den Einschränkungen des Alltags arrangiert. Tägliche lange Spaziergänge gehörten dazu, einen Großeinkauf machten sie nur einmal in der Woche, öffentlichen Nahverkehr nutzen sie nicht. Zwei oder dreimal pro Woche bestellten sie Essen in einem der lokalen Restaurants. Die meisten hatten wenigstens ein paar Tage in der Woche geöffnet und boten Speisen und Getränke zum Abholen an. Das war ihr Beitrag, um die lokale Gastronomie nicht vollends ohne Umsatz zu lassen.

Auch heute warf Sven einen Blick auf die Statistik. 13 Neuinfektionen in Neuseeland, also 1.422 Infizierte insgesamt. Davon weit mehr als 50 % bereits von Ärzten als geheilt beurteilt. Dieser Wert wurde nach transparenten Kriterien erfasst. In Deutschland wurde er geschätzt. Zuhause waren 1.900 Infizierte dazugekommen, die Summe lag jetzt bei 143.300.

Sonntag, 19. April 2020

Zuhause. Neuseeland Tag 25 Corona Alert Level 4.

Es war 8 Uhr morgens. Auf der Webseite des neuseeländischen Gesundheitsministeriums war die Aufzeichnung der Pressekonferenz verfügbar. Jacinda Ardern ging detailliert auf die Nachverfolgung von Kontakten von Infizierten ein. Das sei, so sagte sie, einer der wesentlichen Schlüssel zum Erfolg. Zurzeit seien 200 Mitarbeiter des Gesundheitsministeriums in Vollzeit damit beschäftigt. Sie arbeiteten an 7 Tagen in der Woche, und schafften täglich 5.000 Anrufe. Ziel der Regierung sei es, bei 80 % aller Fälle sämtliche Kontakte innerhalb von 48 Stunden zu ermitteln. Zu den Aktivitäten gehörten vor allem Telefonate, aber auch Besuche. Tools und Apps seien als Unterstützung hilfreich, mehr aber nicht. Der weitere Ausbau der Kapazitäten laufe bereits. Für Sven wirkte diese gewaltige Aktion überdimensioniert, wenn man sie ins Verhältnis zu den wenigen aktuellen Fällen setzte. Weiterhin sagte Ardern, dass sich bisher 1.600 Personen, die aus dem Ausland eingereist seien, in der vom Staat gemanagten Quarantäne befänden. Jetzt würden auch täglich mehr als tausend Tests in Einrichtungen durchgeführt, in denen die Mitarbeiter intensiven Kontakt mit Menschen hätten. Dazu gehörten Supermärkte, Pflegeheime sowie privates Pflegepersonal.

In Deutschland gab es offensichtlich keine Statistiken über die seit dem 10. April geltende Quarantänepflicht bei Einreise aus dem Ausland. In den deutschen Medien wurden die täglichen Fallzahlen nicht mehr an erster Stelle berichtet, sie waren wohl zur Normalität geworden, wiesen keine spektakulären Schwankungen mehr auf. Stattdessen fand man wieder anklagende Artikel in Richtung Reich der Mitte. Man warf China vor, die Welt zu spät und nicht umfassend genug über Corona informiert zu haben. Der übliche Reflex, um vom eigenen Versagen abzulenken, dachte Sven.

Ihm fiel immer wieder auf, dass seitens der Regierung, insbesondere der Bundeskanzlerin, kein Bedauern über die hohe Zahl der Todesopfer und keine kondolierenden Worte an deren Hinterbliebenen zu hören waren. Die Anzahl der Todesfälle und Infizierten wurde hingegen gerne benutzt, um sie in Vergleich mit anderen Ländern wie Italien, Frankreich, Spanien und Großbritannien zu setzten. Daraus ließ sich leicht der Erfolg der in Deutschland verhängten Maßnahmen ableiten.

Am Ende des Tages blieben die Zahlen dem Trend treu. In Neuseeland waren wieder nur 9 Fälle hinzugekommen. Diese führten zu einer Gesamtzahl von 1.431 Infizierten. Deutschland kam durch die Steigerung von 1.900 Fällen auf 145.200 Infizierte.

Montag, 20. April 2020

Zuhause. Neuseeland Tag 26 Corona Alert Level 4.

Heute wurden in Neuseeland die zentralen Entscheidungen für die nächste Phase verkündet. Man werde in den Alert Level 3 übergehen, allerdings fünf Tage später, als zunächst geplant, also am 28. April. Die Erleichterungen gingen bei Weitem nicht so weit, wie in Deutschland. Soziale Kontakte können minimal erweitert werden, aber das Prinzip der «Bubble» bliebe weiter in Kraft. Manufacturing, Construction und Forestry dürften ihre Arbeit wieder aufnehmen, wenn die Sicherheitsmaßnahmen garantiert würden. Schulen und Kindergärten würden sukzessive geöffnet, aber zunächst nur für Kinder unter 10 Jahren, um deren Eltern mehr Freiraum für die Arbeit zu geben. Der Handel dürfe den Betrieb wieder aufnehmen, aber es würde nicht erlaubt sein, die Kunden im Laden zu bedienen. Die Bestellungen müssten online erfolgen, das Bezahlen ebenso. Waren könnten dann am Laden, in dem dafür bestimmte Bereiche zur Verfügung gestellt werden müssten, abgeholt werden. Lieferungen seien erlaubt, aber sie müssten kontaktlos erfolgen. Die Wirtschaftsunternehmen hätten, so Ardern, jetzt eine Woche Zeit, ihre Abläufe und Räumlichkeiten entsprechend den Regeln vorzubereiten. Weitere Details würden im Laufe der Woche kommuniziert. Heute erfuhr Sven auch, dass Frau Ardern den Hinterbliebenen der Corona-Toten persönlich kondolierte.

Sven und Ling fuhren zum Einkaufszentrum in der Nähe ihres Wohnortes. Es war gewissermaßen eine Inspektionstour, um mit eigenen Augen zu sehen, wie sich die Wiedereröffnung der Geschäfte gestaltete. Etwa die Hälfte der Läden war am Nachmittag geöffnet, die Anzahl der Kunden blieb noch gering, der 1,5-Meter Abstand wurde eingehalten, Sicherheits- und Kontrollpersonal war nicht zu sehen. Niemand trug eine Maske, auch das Verkaufspersonal nicht. Das Fernsehen zeigte am Abend Aufnahmen aus großen Städten, in denen Menschentrauben auf den Straßen zu sehen waren. Wer weiß schon, ob diese Bilder echt waren?

Auch heute kamen wieder einige Bundesländer hinzu, die ab der kommenden Woche Masken zur Pflicht machten. Es reiche aber aus, ein gewöhnliches Stofftuch oder einen Schal umzubinden. Selbst einfache OP-Masken waren immer noch nicht in ausreichender Menge für die Bevölkerung erhältlich. Auch von Freunden wurden ähnliche Erfahrungen aus ihren Orten berichtet: Die meisten Läden seien offen, selbst die großen, da sie ihre Verkaufsfläche so abgeteilt hatten, dass sie die zulässige Fläche von 800 Quadratmetern nicht überschritten. Viel los sei nicht, trotzdem gäbe es einen Stau vor den Eisdielen. Masken: Fehlanzeige.

Die neuen Fallzahlen wiesen die erwarteten Werte auf. Wiederum 9 neue Fälle in Neuseeland, also 1.440 insgesamt. 1.800 neue Fälle gab es in Deutschland, 147.000 insgesamt.

Dienstag, 21. April 2020

Zuhause. Neuseeland Tag 27 Corona Alert Level 4.

In Neuseeland wurden die Tests ausgeweitet. Stichproben in Schulen und abgelegenen Gemeinden kamen hinzu. Es gab nur noch zwei Fälle, bei denen der Infektionsursprung nicht ermittelt werden konnte.

In Deutschland hatten sich auch die bis zuletzt schwankende Länder zur Maskenpflicht durchgerungen, mit leicht unterschiedlichem Startdatum. Die Pflicht bezog sich auf das Einkaufen und den

ÖPNV, nur Berlin erlaubte Einkäufe weiterhin ohne Maske. Zum Leidwesen einer ganzen Kultgemeinde wurde heute schon das Oktoberfest in München abgesagt. Einige Gerichte hatten kleinere Demonstrationen mit bis zu 50 Personen erlaubt. Dabei müssen die Demonstranten 1,5-Meter Abstand untereinander und 2-Meter Distanz zu Nicht-Teilnehmern einhalten. Herzlichen Glückwunsch an die Polizei, die das überwachen sollte. Drohnen, dachte Sven, wären hier ein geeignetes Instrument. Aber das war nur seine persönliche Sicht der Dinge.

Die Anzahl der durchgeführten Tests, so fand Sven heraus, wurde nur einmal pro Woche von den Laboren an das RKI übermittelt. In der Zeitschrift DIE ZEIT gab es heute einen Artikel über Neuseelands Anti-Corona Maßnahmen. Sehr sachlich und durchaus lesenswert.

Sven und Ling wollten im Stadtpark spazieren gehen, der aber immer noch geschlossen war. Also wählten sie wieder den Wald. Anschließend suchten sie zwei Apotheken auf, aber es gab immer noch keine OP-Masken und Bestellungen waren auch nicht möglich. Mehr tat das Personal nicht. Sven nannte die Möglichkeit, einfache Stoffmasken, Schals oder Halstücher als Schutz zu tragen einen Quatsch. Entweder richtige Masken oder keine.

Heute wurden die geringsten Zuwächse seit Langem gemeldet. 5 neue Infektionsfälle hatten die Tests in Neuseeland ergeben, also 1.445 im Ganzen. In Deutschland wurden nur 1.400 neue Fälle gemeldet, die geringste Steigerung seit vielen Tagen, also 148.400 insgesamt. Natürlich diente dieser relativ niedrige Wert den Befürwortern weiterer Erleichterungen als willkommenes Argument.

Mittwoch, 22. April 2020

Zuhause. Neuseeland Tag 28 Corona Alert Level 4.

In Neuseeland erfuhren Geschäftsleute und Privatpersonen weitere Details zum Alert Level 3, unter anderem auch über Reisen und Freizeitaktivitäten. Zusammengefasst konnte man sagen, dass kürzere Fahrten mit dem Auto in der Region möglich würden. Man könne wieder Schwimmen, Surfen, Angeln und einiges mehr, aber es gab die Auflage, nur die Sportarten zu auszuüben, die man beherrsche. Es sei nicht die Zeit, jetzt etwas Neues zu lernen.

Es war Mittwoch, Zeit für Svens virtuelle Treffen mit seinen Freunden. Zwei Stunden lang debattierten sie über medizinische, ökonomische und soziale Aspekte von COVID-19, sowie über den Entzug von Freiheitsrechten, Grundrechten und föderale Zuständigkeiten. Weiterhin unsicher waren sie sich bei der Frage, wann sie sich wieder legal physisch treffen können. Nach den aktuell geltenden Kontaktregeln war es jedenfalls nach wie vor nicht erlaubt. Themen, die nichts mit Corona zu tun hatten, waren nicht Gegenstand ihrer Debatte.

Das Verwaltungsgericht in Hamburg hatte die 800 Quadratmeter-Regel für den Einzelhandel für unzulässig erklärt. Große Möbelhäuser und Elektronikmärkte machten wieder auf, weil sie eine kreative Lösung für die Flächenbegrenzung gefunden hatten. In den Talkshows trafen jetzt Leute aufeinander, denen die Öffnung zu weit ging und solche, die viel mehr öffnen wollten. Die Teilnehmer saßen mit großem Abstand zueinander, einige waren per Video zugeschaltete, Publikum gab es nicht. Masken trug keiner, aber wenn die entsprechende Frage kam, wurde schnell eine aus der Jackentasche hervorgezaubert. Selten eine OP-Maske, öfters eine von der lieben Verwandtschaft geschneiderte, eine sogar in Bayerisch weiß-blau.

In Neuseeland blieb die Zahl der Neuinfektionen konstant unter 10. Die Gesamtzahl erhöhte sich durch 6 neue Fälle auf 1.451, über 5.000 Tests wurde heute durchgeführt. In Deutschland konnte der Trend der fallenden Neuinfektionen nicht gehalten werden. 2.200 neue Fälle brachten die Gesamtsumme auf 150.600.

Donnerstag, 23. April 2020

Zuhause. Neuseeland Tag 29 Corona Alert Level 4.

Neuseeland befand sich für fünf weitere Tage im Alert Level 4, während man in Deutschland schon die ersten drei Tage der ersten Lockerungswelle hinter sich hatte.

In der heutigen neuseeländischen Pressekonferenz gab es ein Novum. Man habe 5 Neuinfektionen festgestellt, allerdings schnell herausgefunden, dass diese Personen, die aus Uruguay nach Neuseeland zurückkamen, bereits dort registriert waren. Deshalb beließ man es zunächst bei der Gesamtzahl von 1.451, weil man erst mit der WHO abklären wollte, ob ein Transfer der Meldungen von Uruguay nach Neuseeland vorgenommen werden sollte. Somit wollte man verhindern, dass die WHO-Doppelzählungen in ihren Statistiken ausweisen. Was für ein Luxusproblem, dachte sich Sven. Später wurde die Zahl dann doch Neuseeland zugeschrieben. Am Vortag habe man 6.500 Tests durchgeführt. Da wegen der geringen Zahl der Infizierten auch nur eine überschaubare Menge von Kontaktpersonen getestet werden musste, konnte man einen großen Teil der Tests bei Personen durchführen, die keine Symptome aufwiesen. Es gelang also bereits sehr gut, Massentests vorzunehmen. Diese wurden jetzt auch auf reine Maori Gemeinden ausgeweitet. Weiterhin wurden die Regeln für die Öffnung des Einzelhandels präzisiert. Anders als in Deutschland, dürfen die Geschäfte unabhängig von ihrer Größe öffnen, aber es werde nicht erlaubt, dass Kunden die Läden betreten. Kauf und Bezahlung sollten online durchgeführt werden, die Auslieferung müsse absolut kontaktlos erfolgen. Es sei den Läden freigestellt, den Ablauf unter Einhaltung der Hygiene- und Abstandsregeln zu organisieren. Barzahlung werde nur in ganz spezifischen Ausnahmefällen erlaubt. Frau Ardern machte sehr deutlich, dass die Polizei weiterhin strikt Verstöße aufspüren und drastisch ahnden werde.

In Deutschland fand eine Bundestagsdebatte über die Corona-Maßnahmen statt. Bundeskanzlerin Merkel versäumte es erneut, sich an die Familien der Opfer zu wenden. Sie bedaure es sehr, sagte sie, dass einzelne Bundesländer bei der Öffnung zu forsch seien. Freilich nannte sie keines beim Namen. Bei Sven blieb die Frage, welche Kompetenzen für das Verhängen einzelner Maßnahmen überhaupt beim Bund lagen? Weltärztepräsident Montgomery erklärte heute in der Presse, dass aus seiner Sicht eine gesetzliche Maskenpflicht nur für echte Schutzmasken Sinn mache, Schals oder Tücher als ausreichend zu erachten halte er für lächerlich. Meine Rede, kommentierte Sven. Außerdem wurde in der Öffentlichkeit eine Debatte über die Ressourcen der Gesundheitsämter geführt, mit denen sie eine vollständige Kontaktanalyse vornehmen könnten. Man hörte von der Absicht, neue Stellen dafür zu schaffen. Die tatsächliche Anzahl der Mitarbeiter war nicht bekannt und schon gar nicht wusste man, wie umfangreich die Kontaktanalysen bereits jetzt durchgeführt wurden. Aus den unterschiedlichen Aussagen konnte man aber gut herauslesen, dass die Zahl der Neuinfektionen dafür immer noch viel zu hoch war.

Sven: In den Medien wurde berichtet, dass sich in den großen Einkaufsstraßen vieler Großstädte schon wieder 45 % der Menge vor dem Lockdown tummeln.

Freund-2: Man muss sehen, ob das ein Einmaleffekt ist oder sogar noch mehr Leute wie vor dem Lockdown das Shopping Erlebnis suchen.

Sven: Gestern hatte ich prophezeit, dass der Lösungsansatz Impfung mit einer Impfpflicht einhergehen werde. Heute hat sich Ministerpräsident Söder als erster öffentlich dafür ausgesprochen. Ich wette einen Karton Wein, dass es die Impfpflicht geben wird.

Freund-3: Ich halte nicht dagegen.

Sven: Gerade fand ich eine Meldung, dass vor allem Männer beim Friseur zukünftig tiefer in die Tasche greifen müssen, da der Trockenhaarschnitt vorerst nicht mehr erlaubt sei. Es ist schon erstaunlich, wie detailliert der Staat plötzlich in den Alltag eingreift. Wer war bloß der Berater für diese Anordnung?

Freund-1: Föhnen ist auch verboten. Vielleicht wird des dadurch wieder etwas preiswerter.

Blieben noch die aktuellen Zahlen des Tages für Deutschland. Es gab keinen signifikanten Rückgang der Neuinfektionen. Wieder wurde eine Steigerung von 2.500 auf nunmehr 153.100 gemeldet.

Freitag, 24. April 2020

Zuhause. Neuseeland Tag 30 Corona Alert Level 4.

In Ruhe wurde die neuseeländische Gesellschaft über die Medien auf die konkreten Regeln vorbereitet, die ab dem kommenden Dienstag mit Alert Level 3 gelten würden. Die Zahl der täglichen Tests hatte nahezu die Marke von 7.000 erreicht. Ein neuer Rekord. Die Gesamtsumme lag damit bei 108.000. Bemerkenswert war dabei, dass mittlerweile weniger als 1,4 % der Getesteten positiv waren. Ein weltweit extrem niedriger Wert. Er erklärte sich dadurch, dass man längst im Bereich von Massentests vorgedrungen war, während in den meisten europäischen Ländern immer noch im Wesentlichen Kontaktpersonen und Verdachtsfälle getestet wurden. Weiterhin war Sven davon beeindruckt, dass auch heute – vom Finanzminister – der Familie des gestern Verstorbenen kondoliert wurde. Die Art, wie er oder Jacinda Ardern diese Worte aussprachen, klang ehrlich und mitfühlend. Das war einer der Gründe, weshalb die Regierung ein so hohes Ansehen bei der Bevölkerung gewonnen hatte.

In Deutschland dominierte die Debatte über weitere Lockerungen. Die Zahl der Maßnahmen war zu hoch, um einen Überblick wahren zu können. Sven erinnerte sich an ein paar Beispiele:

In Berlin sollen ab 1. Mai die Spielplätze wieder geöffnet werden.

In einigen Bundesländern wird konkret über die Öffnung gastronomischer Einrichtungen nachgedacht.

Erste Termine für die Wiederzulassung von Gottesdiensten werden genannt.

Die Fußball-Bundesliga rückt in den Fokus mit der Aussicht, dass es ab Mitte Mai wieder Spiele, unter Ausschluss des Publikums, geben soll.

Weitere Gerichte erlaubten Demonstrationen mit bis zu 50 Personen.

Das Verwaltungsgericht in Hessen hob nach Klage einer Schülerin die Schulpflicht für die 4. Klasse in der Grundschule auf. Damit wollte dieses Bundesland demnächst wieder mit dem Unterricht beginnen. Daraus wurde erst mal nichts.

In Umfragen stiegen die Zustimmungswerte für die CDU und Angela Merkel immer weiter an.

Auch das RKI äußerte sich wieder. Erfolgversprechende Kontaktverfolgung, so sagte ein Sprecher, könne es erst geben, wenn die Zahl der täglichen Neuinfektionen auf ein paar Hundert gesunken sei. Davon war Deutschland immer noch weit entfernt, trotz des Lockdowns. Wieder kamen 1.900 neue Fälle hinzu. Insgesamt waren es jetzt 155.000. Neuseeland hatte Stand heute 1.461 Infizierte, 5 mehr als am Vortag.

Samstag, 25. April 2020

Zuhause. Neuseeland Tag 31 Corona Alert Level 4.

In Neuseeland begingen die Leute den «ANZAC Day». Jedes Jahr am 25. April wird dieser Nationalfeiertag zu Ehren aller gefallenen Soldaten sowie der noch lebenden Kriegsveteranen veranstaltet. Es war ein Tag der Besinnung, weshalb auch keine Pressekonferenz abgehalten wurde. Freilich gab es die tägliche Pressemitteilung mit den neuesten Zahlen. Weitere 5 Neuinfektionen waren hinzugekommen. Damit lag die Zahl der neuen Fälle an jedem Tag der letzten Woche unter 10. Die Strategie schien aufzugehen. 1.118 Personen waren nachweislich wieder gesund. Insgesamt beklagte Neuseeland bisher 18 Corona-Tote.

In Deutschland ging der Wettbewerb um weitere Lockerungsideen weiter, wenngleich auch in reduziertem Umfang, es war Wochenende. Jetzt stellte selbst der Gesundheitsminister die 800 Quadratmeter-Regelung infrage. Er sagte auch, dass er sich die Öffnung von Fitnessstudios vorstellen könne. Ein Dauerthema blieb, was konkret zu tun sei, um die Schulen wieder öffnen zu können. Zu Kindergärten gab es noch keine Aussagen. Insgesamt nahmen aber die wirtschaftlichen und finanzpolitischen Aspekte der Krise jetzt die meisten Spalten der Medienberichte ein. Immense Summen waren bereits in Hilfsprogramme gesteckt worden, eine für den Normalbürger völlig unüberschaubare Größe.

In Deutschland stieg die Zahl der Infizierten nur um 1.500 Fälle auf 156.500 an. An Wochenenden wurde schon in der Vergangenheit weniger Neuinfektionen gemeldet, als unter der Woche.

Sonntag, 26. April 2020

Zuhause. Neuseeland Tag 32 Corona Alert Level 4.

Auch heute war ein ruhiger Tag in Neuseeland. Erneut fand keine Pressekonferenz statt, doch mit der Präzision eines Uhrwerkes wurden die statistischen Zahlen publiziert. Auch in Deutschland herrschte weitgehend Sonntagsruhe an der politischen Front. Lediglich der Bundestagspräsident fiel mit einer Aussage auf. Nicht alles habe vor dem Schutz von Leben zurückzutreten, war die Kurzfassung eines seiner langen verschlungenen Sätze. Eine Debatte darüber fand nicht statt.

Die Leute auf den Straßen vergasen immer mehr, den Abstand einzuhalten. Auf ihrem Waldspaziergang trafen Sven und Ling sogar auf eine Gruppe von zehn Personen, die sich rund um eine Bank gruppierten und ein Picknick veranstalteten.

An diesem Sonntag stieg die Zahl der Infizierten in Neuseeland um 5 an. Gleichzeitig wurden bei 6 Personen, die bisher das Label wahrscheinlich infiziert hatten, nachgewiesen, dass sie immer gesund waren. Diese Zahl wurde also wieder abgezogen, sodass die Gesamtzahl jetzt bei 1.469 lag. Wie an jedem Wochenende wurde auch dieses Mal weniger getestet als unter der Woche. Das Gleiche galt für Deutschland. Hier wurden 1.300 neue Fälle gefunden, was die Gesamtzahl auf 157.800 brachte.

Montag, 27. April 2020

Zuhause. Neuseeland Tag 33 Corona Alert Level 4.

Heute war der letzte Tag, in dem sich Neuseeland im Alert Level 4 befand. In der Pressekonferenz erläuterte Dr. Ashley Bloomfield, dass ab jetzt die Fälle mit dem Status wahrscheinlich infiziert nicht mehr an die WHO gemeldet würden. Die meisten anderen Staaten gäben nur die Anzahl der bestätigten Fälle weiter. Dem wolle Neuseeland jetzt folgen und damit einen Beitrag für eine bessere Vergleichbarkeit leisten. Weiter führte er aus, dass auch im Alert Level 3 sowohl für bestätigte als auch wahrscheinliche Fälle die Pflicht zur Quarantäne oder Selbstisolation bestehen bliebe. Jacinda Ardern begann ihre Ausführungen mit: »Wir sind jetzt elf Stunden vom Übergang in Level 3 entfernt ...« Sie nutzte wieder die Methode des Countdowns, wie es Sven und Ling schon am 25. März erlebt hatten. Dann gab sie einen Überblick über das, was alle Neuseeländer bisher gemeinsam erreicht hatten. Zu weiteren wichtigen Informationen gehörte, dass Neuseeland jetzt eine Kapazität von 8.000 Tests pro Tag habe. Als extrem erfreulich nannte sie den Fakt, dass in den letzten Tagen deutlich unter 1 % der Getesteten einen positiven Befund hatten. Das sei ein Beweis für die guten Fortschritte bei den Massentests. Kapazitäten und Verfahren bei den Gesundheitsbehörden reichten jetzt schon aus, um für 300 Infizierte in kurzer Zeit alle Kontakte zu ermitteln. Obwohl die Zahl der Infizierten konstant sehr gering sei, würden diese Kapazitäten in den kommenden Tagen deutlich ausgeweitet. Sie mahnte noch einmal, auch in der nächsten Phase den Vorgaben strikt zu folgen. Für den 11. Mai kündigte sie weitere Entscheidungen an. Sie selbst werde von morgen an nicht mehr die täglichen Pressekonferenzen abhalten, Dr. Bloomfield werde diese fortführen. Sie bedankte sich bei Dr. Bloomfield, den sie als eine großartige Persönlichkeit beim Kampf gegen COVID-19 erlebt habe. Es sei eine große Ehre für sie, fuhr sie fort, mit ihm gemeinsam an der größten Herausforderung in der Geschichte Neuseelands arbeiten zu dürfen. Zum Schluss wandte sie sich ausdrücklich den Familien der 19 Menschen zu, die bisher am Corona-Virus gestorben waren. Ihre Worte waren aufrichtig und ehrlich mitfühlend.

An diesem Montag wurden 3 Neuinfektionen nachgewiesen. Der Übergang zum Alert Level 3 begann daher mit folgenden Zahlen: 1,472 Infizierte, davon 1.124 bestätigte und 348 wahrscheinliche Fälle. 1.214 Personen waren als geheilt gemeldet, es waren bisher 19 Todesfällen zu beklagen. 126.066 Tests waren durchgeführt worden.

In Deutschland trat mit dem heutigen Tag die Maskenpflicht in Kraft. Immer mehr Flüge trafen aus China ein, voll beladen mit Schutzausrüstungen, denn wir waren nach wie vor weit davon entfernt, allen Menschen OP-Masken zur Verfügung zu stellen. Die Diskussion um zusätzliche Erleichterungen ging weiter. Die Bundesregierung, deren Mahnen in den vergangenen Tagen oft ungehört blieb, nahm wieder einen Strategiewechsel vor. Sie unterstützte jetzt regionale Unterschiede. Es blieb bei einer pauschalen Aussage, konkrete Beispiele waren dazu nicht zu hören. Die Zahl der Neuinfektionen ging erneut deutlich zurück. Nur 1.000 neue Fälle kamen hinzu, insgesamt hatten wir jetzt 158.800 Infizierte.

Lockerungsübungen

Dienstag, 28. April 2020

Zuhause. Neuseeland Tag 1 Corona Alert Level 3.

Neuseeland war zurück im Alert Level 3. Der Handel verkaufte wieder, wenngleich auch nur aufgrund von online- oder telefonischen Bestellungen, die Menge der erlaubten Freizeitaktivitäten war erweitert worden. Kindergärten und Grundschulen nahmen ihren Betrieb wieder auf, allerdings nur für einen kleinen Teil der Kinder. 400.000 Arbeitskräfte konnten wieder ihrer Beschäftigung nachgehen. Die zentrale Aussage «Stay Home» galt weiterhin. Dr. Bloomfield hielt die heutige Pressekonferenz. Er begann mit der präzisen Auflistung der aktuellen Daten. Er erläuterte auch, wie die Fälle der Genesenen ermittelt werden. Jeder, der in den letzten 48 Stunden keinerlei Symptome hatte, dessen positiver Test zehn Tage zurück lag und der eine entsprechende ärztliche Diagnose bekommen hatte, wurde als genesen gewertet. In Deutschland wurde die Zahl der Genesenen vom RKI geschätzt. Im zweiten Teil seiner Ausführungen betonte er erneut, wie wichtig die strikte Einhaltung der Level 3 Regeln sei, um den großen Erfolg, der in den vergangenen fünf Wochen erreicht worden sei, nicht zu gefährden. Er präzisierte das Ziel: Die Auslöschung des Virus sei nicht an einem bestimmten Datum mit null Neuinfektionen erreicht, sondern erst dann, wenn es über einen Zeitraum von Monaten keine neuen Fälle gäbe.

In Deutschland sorgte das RKI für Erstaunen. Heute wurde der in den letzten Tagen so dominant in den Vordergrund gehobene R-Faktor nur noch als ein Aspekt von mehreren als relevant für die

Zielerreichung bezeichnet. Plötzlich rückte die aktuelle Zahl der Neuinfektionen in den Fokus, sowie die Notwendigkeit, diese komplett nachvollziehen zu können. Dabei wurde die akute Überlastung der Gesundheitsämter als Problem genannt. Die Zahl der täglichen Neuinfektionen müsse deutlich unter 1.000 sinken, ansonsten sei die lückenlose Nachverfolgung der Kontakte unmöglich.

In einem Bundesland hatte der Verfassungsgerichtshof die Aufhebung der Ausgangssperre angeordnet. Die Kultusminister arbeiteten an einem Konzept zur flächendeckenden Wiederaufnahme des Schulbetriebs. Neuseeland meldete nur 2 neue Fälle, also 1.474 insgesamt.

Mittwoch, 29. April 2020

Zuhause. Neuseeland Tag 2 Corona Alert Level 3.

Entgegen ihrer vorgestrigen Ankündigung war Frau Ardern wieder auf der Pressekonferenz erschienen. Es gab wohl viele, die sie nicht missen wollten. Mit den ihr eigenen klaren Worten ging sie auf den ersten Tag im Alert Level 3 ein und listete präzise auf, welche Verstöße gegen die Regeln bereits gemeldet und geahnt worden seien. Es habe nicht nur Ermahnungen, sondern auch Festnahmen und Strafanzeigen gegeben. Sie wollte jeden Versuch, alles etwas lockerer zu nehmen, von Beginn an im Keim ersticken. In Deutschland hatten sich die Neuinfektionen den dritten Tag in Folge um den Wert etwas oberhalb von 1000 eingependelt. Nichts, worüber groß zu sprechen war. Die wirtschaftlichen Aussichten dominierten die Debatte. Erste Prognosen für die tiefe Rezession machten die Runde. In Neuseeland siegt die Anzahl der Infektionen um 2 auf 1.476. In Deutschland waren jetzt insgesamt 159.900 Infektionsfälle gemeldet.

Donnerstag, 30. April 2020

Zuhause. Neuseeland Tag 3 Corona Alert Level 3.

Frau Ardern legte den Schwerpunkt ihrer Ausführungen heute erneut auf Art und Anzahl der Verstöße gegen die Auflagen. Sie machte klar, dass die Regierung eine Null-Toleranz-Linie fährt. Erleichtert zeigte sie sich darüber, dass der Zustrom in die wieder teilweise geöffneten Grundschulen sehr gering war. Wer die Möglichkeit hatte, weiterhin zuhause zu lernen, sollte nicht zur Schule gehen. Nur 2 % der Grundschüler kamen zum Unterricht zurück. Der Anteil der Kinder, die wieder in den Kindergarten gingen, lag bei 4 %.

In Deutschland wurden heute Zahlen zur Arbeitslosigkeit und Kurzarbeit bekannt gegeben. Sie waren desaströs. Am Nachmittag trafen sich die Ministerpräsidenten wieder mit der Kanzlerin. Man vereinbarte einige kleinere Erleichterungen. Gottesdienst würden bald wieder möglich sein, Museen und Zoos sollten öffnen können. Details werden, wie immer, auf Landesebene festgelegt. Über umfangreichere Maßnahmen werde man am 6. Mai entscheiden.

✳✳✳

Sven und Ling beendeten mit dem heutigen Tag ihre Aufzeichnungen. Ihr Alltagsleben war durch die Verordnungen und Gesetze in Deutschland reglementiert. Aussicht auf eine baldige Rückkehr zum Leben vor dem März blieben vage. Die Hoffnung, in den nächsten Wochen nach Neuseeland zurückzukehren, um ihre so jäh abgebrochene Reise fortzusetzen, war unrealistisch. Die neuseeländischen Grenzen würden für Ausländer, vielleicht mit Ausnahme Australiens, noch für lange Zeit geschlossen bleiben. Trotzdem blieben sie Neuseeland verbunden. In den ersten Wochen ihrer Urlaubsreise hatten sie die Arbeit der dortigen Regierung nicht wahrgenommen. Seit dem Lockdown beschäftigten sie sich ständig damit. Das wird sich auf absehbare Zeit auch nicht ändern. Sven war anfänglich unsicher, ob sich die neuseeländische Regierung in dieser Krise das richtige Ziel gesetzt hatte. Aber Politik musste Entscheidungen treffen. Er war und blieb davon beeindruckt, wie Frau Ardern und ihr ganzes Kabinett diese Zielsetzung mit klaren Maßnahmen und konsistenter, transparenter Kommunikation Stück für Stück operativ mit Leben füllten. Er hatte viele Tage Zeit, sich in die Thematik einzulesen und mittlerweile wurde zum Anhänger des nicht nur neuseeländischen Ansatzes: Das Corona-Virus muss eliminiert werden. Er wird mit Interesse die Entwicklung in Neuseeland verfolgen und sich mit den Kiwis freuen, wenn das Ziel, das Virus auszulöschen, erreicht wird.

Ich bin's, das Virus

Ich bin Corona. Man nennt mich auch COVID-19 oder SARS-CoV-2. Man sagt, ich sei «neuartig». Ich bin aber nicht so neu, ich bin eines von vielen Corona-Viren, wenn auch ein besonderes. Das liegt nicht an mir selbst, sondern – zumindest zum Teil – an Leuten, die sich mit mir beschäftigen. Das sind wahrlich viele. Ich bin selbst überrascht über diese umfassende Aufmerksamkeit.

Zahlreiche internationale Wissenschaftlerteams forschen seit Jahren an und mit mir und meinen Corona-Geschwistern. Sie haben viele Szenarien durchgespielt, in denen ich eine Pandemie und damit Panik auslöse. Sie wussten nicht, wann ich es tun werde, aber sie waren sich sicher, dass es bald geschehen wird. Seit ich aktiv bin, beschäftigten sich Unmengen von Spezialisten unterschiedlicher Forschungsrichtungen mit mir. Sie geben gut gemeinte oder auch von Interessen gesteuerte Ratschläge an Politiker und Regierungen, die daraufhin Entscheidungen treffen. Dabei berufen sie sich stets auf mich. Sie instrumentalisieren mich. Es waren gerade diese Politiker, die, von Ausnahmen abgesehen, all diese Szenarien stets mit fahrlässigem Desinteresse und Gleichgültigkeit hingenommen haben. Zumindest haben sie nichts unternommen, um auf mich vorbereitet zu sein. Es gab ja nicht nur die Simulationen der Wissenschaftler, es gab in den vergangenen beiden Jahrzehnten reale Ereignisse, nicht nur lokal, die von meinen Vorgänger-Viren ausgelöst wurden. Haben sie irgendwelche Vorkehrungen aufgrund der damaligen Erfahrungen getroffen? Die allermeisten nicht. Jetzt, wo ich allgegenwärtig bin, schmücken sie sich mit ihren beratenden Virologen. Gleichzeitig scheint mir, gibt es eine Branche, die meine Entwicklung stets beobachtet hatte. Sie tritt jetzt ganz vehement in

Erscheinung, sie positioniert sich mit «anerkannten Persönlichkeiten», die die Gunst der Stunde nutzen wollen. Sie hat lange auf mich gewartet. Jetzt scheint ihre große Stunde gekommen zu sein.

Mir ist gelungen, was kein anderes Virus vor mir erreicht hatte. Ich habe die Welt verändert, was sage ich, ich habe sie aus den Angeln gehoben. Nur drei Monate Zeit habe ich dafür gebraucht. Ich sei eine Zumutung für die Demokratie, hörte ich aus dem Mund der Regierungschefin des Landes, in dem Politiker unentwegt von «Maß und Mitte» faseln. Welch eine Verniedlichung. Ich bin auch eine Zumutung für Diktaturen, Autokratien, Monarchien. Ich bin eine Zumutung für die Menschheit. Ich bin global, ich bin überall gleichzeitig und schon da, wenn ihr noch zögert, loszulaufen. Ich mache Angst. Nun, dabei ist es weder meine Absicht, Ängste zu schüren, noch bin ich es, was die Angst erzeugt. Es sind die Leute, die sich über mich gegenüber der Bevölkerung ihrer Länder, ja gegenüber die Weltbevölkerung äußern. Wissenschaftler, Politiker, Medien. Ihr Ton ist unisono der gleiche. Es scheint geradezu, dass ich es bin, der die ewigen Gesetze von These und Antithese ausradiert hat. Überall sind die Meinungen über mich gleich. Ich durchsuchte die Medien, aber die Gegenthese über mich fand ich nicht. Gibt es erstmals in der Geschichte der Menschheit eine absolute Wahrheit, die alle Länder dieser Welt nahezu gleichzeitig innerhalb nur weniger Monate erkannt haben? Es bedurfte keiner globalen Konferenzen, um zu einem identischen Bild über mich zu kommen. Da liegt der Schluss nahe, dass ich das Böse, der Teufel in Reinform sein muss.

Ich bin nicht so grausam, wie man euch sagt. Falls es mir gelingt, durch Nase, Mund oder Augen einzudringen, setze ich mich im Rachenraum eines Menschen fest. Meist bin ich nur mit wenigen Kollegen zusammen. Dann sind wir schwach. Aber das ist uns egal, wir wollen doch nur irgendwo leben, überleben. Manchmal jedoch gelingt es einer ganzen Armada von uns Coronas, uns erfolgreich auf die Reise zu den Lungen zu machen. Ich erzeuge Fieber und Husten, gelegentlich Schnupfen und Müdigkeit oder ich schalte den Geruchssinn aus. Im Großen und Ganzen bin ich aber passiv und meine Träger wissen nicht einmal, dass ich in ihnen lebe. Ich selbst weiß nichts darüber, welche Wirkungen wir Coronas alle zusammen haben, aber mir wurde gesagt, dass ich bei den allermeisten Menschen, die ich befalle, nicht oder kaum zu spüren bin. Ich befalle auch Menschen, die schon krank und schwach sind. Leute, deren Risiko zu sterben hoch ist, die aber noch am Leben hängen. Manchmal bin ich dann der letzte Tropfen auf den heißen Stein. Das ist nicht meine Absicht, aber ich habe keinen Einfluss auf den gesamten Organismus. Dann töte ich, ohne dass ich Tötungsabsicht habe. Diejenigen, die ich töte, wissen aber oft, was zu ihren Krankheiten geführt hat, durch die ihr Körper schon seit längerer Zeit geschwächt war, seitdem ich hinzukam.

Abertausende Statistiken und Kennzahlen wurden über mich angelegt, vom ersten Tag meines Erscheinens an. Immer wenn ich bei einem Menschen nachgewiesen werde, wird in der Tabelle der Zähler um «eins» erhöht. Und dass nicht nur einmal am Tag, sondern Realtime, wie manche es nennen. Nun, es gibt auch Länder, die es bei einer täglichen Aktualisierung belassen. Ist das nicht aberwitzig? Gibt es solche Statistiken für andere Erkrankungen, die tödlich enden können, auch? Ich habe sie nirgendwo gefunden. Warum werden die Krebserkrankungen nicht genauso penibel öffentlich gemacht. Warum gibt es keine tagesaktuellen Statistiken über Grippe, Herzinfarkte, Diabetes? Gerne würde ich sie studieren: Am 11. Mai gab es 77 Diabetesdiagnosen im Land A, Provinz B, Landkreis C. Am 12. Mai kamen 18 Fälle hinzu, macht 95 in Summe. Heute ist der 13. Mai. Wieder sind 21 Fälle von nachgewiesenem Diabetes hinzugekommen, macht bereits 116. Warum macht ihr Statistiker das gerade und ausschließlich bei mir? Und das weltweit. Sind denn alle verrückt geworden? Oder steht eine Absicht dahinter? Um mich medizinisch zu bekämpfen, muss man nicht so eine Datenflut der Weltbevölkerung stündlich um die Ohren hauen. Mediziner können sie für ihre Arbeit benutzen, natürlich. Macht man es deshalb, um etwas Größeres auszuprobieren, durchzusetzen, vielleicht zu etablieren? Wenn das die Absicht sein sollte, werde ich selbst zum Opfer. Dann bin ich Spielball von Politikern und Interessengruppen geworden und muss, als eigentlich harmloses Virus, dafür herhalten, dass diejenigen, die lange auf die Gunst der Stunde gewartet haben, diese jetzt nutzen wollen.

Schnell hatte man Tests entwickelt, um mich nachzuweisen. Das ist sinnvoll, da ich akzeptiere, dass man meinen schlechten Einfluss auf die Gesundheit mancher Menschen bekämpfen will. Aber warum werde ich selbst dann in die Statistik der neuen Fälle aufgenommen, wenn man nur minimalste Spuren von mir findet. Dadurch wird dem Konsumenten der Zahlen suggeriert, dass die Lage gefährlich ist. Dabei empfinden 85 % aller, bei denen ich nachweisbar bin, schlimmstenfalls die Symptome einer normalen Grippe, häufig merken sie überhaupt nichts von mir. Gut, bei 15 % bin ich nicht so harmlos. Was ich dort genau anrichte, ist auch für mich noch ein Geheimnis. Man forscht, man ist mir auf den Fersen. Man entdeckt jeden Tag etwas Neues. Manche Mediziner glauben zu wissen, dass ich auch das Herz, den Magen, die Nerven, den Darm und die Nieren in Mitleidenschaft ziehen kann, aber noch sind es Vermutungen. Ich habe noch nie, soweit ich mich erinnere, alleine durch mein Wirken einen gesunden Menschen getötet. Das gehört nicht nur zur Wahrheit, sondern muss auch der Öffentlichkeit klar mitgeteilt werden. Falls ich den Tod eines schwer Lungenkranken beschleunigt habe, dann werde ich als Todesursache in der Statistik geführt und nicht die Lungenkrankheit, die die wahre Ursache ist. Das Gleiche gilt bei Herzerkrankungen oder Übergewicht. Immer wird mir der Tod zugeschrieben. Das ist unredlich.

Als ich in meiner jetzigen Form das erste Mal in Erscheinung trat, wussten die Leute, die die Behandlung der von mir befallenen Patienten vornahmen, nichts von mir. Das ist normal. Das kann man ihnen nicht vorwerfen. Es braucht schon ein paar Fälle, bis man sich an mich, das «neuartige» Virus, herantastet. Dadurch habe ich auch Ärzte und Pflegepersonal infiziert. Dass es Länder gibt, in denen ich selbst zwei Monate nachdem man mich nachgewiesen und entschlüsselt hatte, medizinisches Personal anstecken kann, habe ich nicht zu verantworten. Es konnte schon früh in einschlägigen Publikationen alles über mich nachgelesen werden. Es gab von Anfang an einen internationalen Austausch von Wissenschaftlern und Staatsführer waren auch informiert. Manche Länder, vornehmlich in Asien, haben schnell reagiert, als sie von mir erfuhren und erste Erkenntnisse über meine Verbreitung und Wirkung hatten. Die meisten Staaten, dazu gehören viele der westlichen

Hemisphäre, warteten ab. Warum? Wurden aus ideologischen Gründen Publikationen bestimmter Wissenschaftler nicht gelesen, Maßnahmen bestimmter Länder nicht übernommen? Oder war es Leichtfertigkeit, Ignoranz oder gar Arroganz? Dass ich in einer globalen Welt innerhalb von Stunden überall gleichzeitig sein kann, ist doch eine Binsenweisheit. Dafür bedarf es weder wissenschaftlicher noch politischer Expertise. Wer mich erfolgreich bekämpfen will, darf nicht ideologisch gesteuert handeln. Wer es doch tut, lässt die Bevölkerung, für deren Wohl er Verantwortung trägt, vorsätzlich leiden.

Ich weiß nicht, wo und wie ich entstanden bin. Kann sich irgendein Mensch an die Minuten seiner Geburt erinnern? Wohl kaum. Später erfährt man es von den Eltern und kann es in einer Urkunde nachlesen. Weltweit bekannt wurde ich, nachdem chinesische Virologen nach anfänglicher Unsicherheit wussten, dass ich unter den Corona-Viren ein ganz Besonderes bin. Anfang Januar hatten sie meine Genstruktur analysiert und der Weltöffentlichkeit mitgeteilt. In sehr kurzer Zeit wurden Tests entwickelt, um mir auf die Spur zu kommen. Vielleicht war ich aber schon vorher in einem anderen Teil der Erde in einem menschlichen Körper präsent. Eventuell hatte man mich dort als niedliches Grippevirus angesehen. Hochrangigen Wissenschaftlern sollte das nicht passieren, aber wenn ich anfänglich nur sehr vereinzelt auftrat, kann man nicht sofort das komplette neuartige an mir entdecken. Jede Erkenntnis braucht Zeit. Niemals gab es jemanden, der aufgrund eines einmaligen Ereignisses unmittelbar die volle Gewissheit darüber hatte. Gerade in letzter Zeit hat man mich in Menschen nachgewiesen, die etwa gleichzeitig mit denen in China aber an anderen Orten der Welt verstorben sind. Ich rate daher, sachlich und konsequent weiter nachzusehen, um herauszufinden, woher ich wirklich komme. Ist es wahrscheinlich, dass es exakt einen einzigen Entstehungsort gibt? Genauso wenig, wie es sicher ist, dass das menschliche Leben auf der Erde an genau einem alleinigen Ort entstanden ist. Ich sage es frei heraus: Meine Brüder, Schwestern und ich haben uns auf unterschiedlichste Gebiete der Erde begeben und unser Glück versucht. Wenn es einer erreicht hatte, waren wir zufrieden. Vielleicht haben es auch mehrere geschafft. Diese Strategie der

Inbesitznahme ist uralt und sollte keinen Experten überraschen. Sucht also weiter nach meiner wahren Herkunft. Vielleicht könnt ihr daraus etwas für die Zukunft lernen. Aber macht es nicht zum politischen Spiel!

Ja, es ist richtig, ich töte gelegentlich. Meist mittelbar, selten direkt. Aber das tun andere Risikofaktoren auch. Rauchen, Alkohol, Übergewicht, schlechte Ernährung und anderes mehr. Es gibt Dutzende Erkrankungen oder Verhaltensweisen, die den Tod früher herbeiführen, als bei einem Menschen, der völlig risikofrei lebt. In sehr vielen Fällen hat es damit zu tun, dass das Immunsystem nicht so funktioniert, wie es sollte. Es wird von all den oben genannten Faktoren geschwächt. Ich schwäche es nicht weiter, aber ich zeige euch die Konsequenzen, wenn euer Immunsystem kaputt ist. Legt man den ganzen Globus an die Kette, wenn Raucher ihr natürliches Abwehrsystem ruinieren? Warum jetzt bei mir? Verbietet man das Rauchen weltweit? Nein! Verbietet man den Kauf krankmachender Lebensmittel? Nein. Verbietet man, noch dazu in geselliger Runde, einen Schnaps nach dem anderen zu kippen? Nein. Warum verbietet man jetzt, dass sich Menschen gesellig zusammenfinden? Nur weil ich einige davon infizieren könnte? Bloß weil ihr die eigentlichen Ursachen als normalen Bestandteil des Lebens lieb gewonnen habt? Oder traut ihr Politiker euch nicht, dagegen anzugehen, weil euch vermeintliche Menschenfreunde sonst ihre Gunst entziehen?

China hatte von Anfang an ein Ziel: mich auszurotten. Die Staatsführung hat es nicht explizit so gesagt und die Leute aus dem Westen, die sowieso sehr argwöhnisch auf China schauen, haben es nicht erkannt. Wenn sie es denn registriert hätten, hätten sie dieses Ziels ins Reich der Fabel verwiesen. Nicht machbar! Neuseeland hat sich das gleiche Ziel gesetzt und es klar kommuniziert. Deshalb ist es extrem schwer für mich, mich dagegen zu wehren. Wenn ich keine Verstärkung bekomme, werde ich den Kampf in Neuseeland verlieren. In China vielleicht auch. Aber das ist mir gleich. Es gibt so viele andere Orte auf der Welt, in denen ich mich weiter austoben kann.

Falls der Kampf gegen mich zu einer weltweiten Allianz führen sollte, muss ich mich früher oder später geschlagen geben. Wenn ich nicht zu schwach bin, kann ich mich gegebenenfalls zurückziehen, mich verstecken, meinen Gegnern einen vorübergehenden Triumph gönnen und dann im nächsten Jahr in einer etwas anderer Form zurückkommen, falls ich regenerieren kann. Oder ich werde selbst sterben. Das ist normal. Auch ich habe nicht das ewige Existenzrecht.

Mich wundert sehr, dass die strikten Maßnahmen, die zuerst im Land der Mitte so konsequent ergriffen wurden – mit oft zu großer Verzögerung – überall in der Welt zum Maß aller Dinge wurden. Abstand halten, Hände waschen, Masken tragen, Schnelltests durchführen, in Quarantäne gehen und einiges mehr. Gut, das lässt sich alles medizinisch begründen. Aber auch die westliche Welt, die sich immer erhaben als «freie Welt» präsentiert und damit im Umkehrschluss vor allem China als «unfreie Welt» abstempelt, griff zu Maßnahmen, die noch vor drei Monaten völlig undenkbar waren. Kontaktverbote, Wegnahme der Reisefreiheit, Arbeitsverbote, Eingriff in die Privatsphäre, Aussetzung des Rechts auf Bildung und manches mehr, was immer als unantastbare Menschenrechte bezeichnet wurde. Die sogenannte «freie Welt» und die sogenannten «totalitären Staaten» machen jetzt alle das Gleiche. Dass ich jemals so eine Macht haben würde, war für mich immer undenkbar. Ich bin ein winzig kleines Virus und verändere innerhalb von Wochen die Konstitution des gesamten Globus. Das ist unglaublich. Noch unglaublicher freilich ist, dass es keine kritischen Stimmen dazu gibt. Dort wo sie geäußert werden, bekämpft man sie auf das Heftigste.

So sehr es jetzt dieses weltweit einheitliche Handeln gibt, darf man nicht vergessen, dass die Notwendigkeit dafür, die heutzutage stets betont wird, viel zu spät erkannt wurde. Meine genetische Struktur und meine Wirkungsweise im Menschen war doch lange bekannt. Es wäre so einfach gewesen, sofort das zu tun, was die Chinesen gemacht haben. Aber man hatte von Anfang an einen Tunnelblick. Man starrte auf die Provinz Hubei und suchte sich die Grausamkeiten und das Sterben, inszenierte die Bilder dazu und kommentierte in besserwisserischem Tonfall. Damit verbunden war die Botschaft, dass China völlig überfordert sei. Zwei Fehler resultierten aufgrund dieses engstirnigen Blickes: Man erkannte nicht, wie China in Hubei wirklich vorgegangen ist. Man hätte leicht feststellen können, dass das Bündel an Maßnahmen eine Chance auf Erfolg hatte. Zweitens nahm man nicht wahr, dass ich in nahezu allen anderen Provinzen Chinas gar nicht zur Entfaltung kam, nicht zum Problem wurde. Durch das entschlossene Vorgehen der Chinesen wurde verhindert, dass ich mich im gesamten Land ausbreite. Auf jeden Fall wollte man nicht von China lernen. Die Folgen waren spätestens Mitte Februar auszumachen, wenn man sie hätte sehen wollen. Viele hielten die Augen immer noch geschlossen.

Dazu kommt, dass die Bevölkerung Chinas und der anderen Süd-ostasiatischen Ländern als Ganzes den Kampf gegen mich aufgenommen hatte, genauso wie ab Mitte März auch Neuseeland. Auf welch verweichlichte Bevölkerungsstrukturen bin ich im Westen gestoßen? Dort schien nach vier Wochen Lockdown das Leiden der Menschen so unendlich groß, dass sie zurück zur alten Normalität drängten. Wohlgemerkt, die allermeisten litten nicht durch mich, sondern durch das, was die Regierungen für sie anordnete.

Es scheint in den westlichen Genen zu liegen, dem chinesischen Vorhaben aus grundsätzlichen Beweggründen nicht zu folgen, sondern eigene Ziele zu postulieren. Das ist legitim, ein gesunder Wettbewerb, mich zu eliminieren ist ein begrüßenswerter Ansatz. Das führte allerdings zu so wahnwitzigen Ideen wie das ganze Land mit mir zu infizieren. Hatte jemand ernsthaft darüber nachgedacht, wie ich und meine gesamte Virenarmada sich in Millionen von Menschen entwickeln, vermehren und verändern könnte? Hat jemand auch nur die geringste Idee davon, welche Folgen aus einer Masseninfektion in drei, fünf oder zehn Jahren auftreten können? Wahrlich ein wahnwitziger Plan. Er wurde aufgegeben und jetzt wird unisono nur noch eine Möglichkeit für meinen Tod gesehen: die Impfung. Welches Medium auch immer man nutzt, welchem Politiker auch immer man zuhört, die Aussagen sind stets gleich, wortgleich. »Wir müssen mit dem Virus leben, bis es eine Impfung dagegen gibt«. Die Pharmaindustrie jubelt. Sie ahnt das Jahrhundert-, was sage ich, das Jahrtausendgeschäft. Ihre Lobbyisten plaudern in fast beiläufigen Tönen davon, dass man 7,5 Milliarden Menschen impfen werde, dann sei der Teufel besiegt, dann sei ich tot. Dann ist das menschliche Leben tot, sage ich dazu. Alle Experten wissen, dass die Entwicklung eines Impfstoffes eine langwierige

Angelegenheit ist, wenn man die notwendigen Tests penibel durchführt. Ebenso haben sie umfassende Kenntnis, dass es mannigfache Nebenwirkungen geben wird. Wollen sie das Leben der Menschen bis zu diesem Tag in vielfältiger Form einschränken und ihnen elementare Rechte vorenthalten? Haben sie die Absicht, die Nebenwirkungen in Kauf zu nehmen, an denen Abermillionen von Menschen körperliche Schäden davontragen oder sterben werden. Wo ist der alternative Ansatz? Wo ist der Widerspruch zu den Impfgöttern?

Ich bin nur ein Virus und habe eine Bestimmung, die mir von der Schöpfung mitgegeben wurde. Ich mache krank und töte auch, wenn ich auf schwache Körper treffe. Zielgerichtete medizinische Arbeit in Verbindung mit kluger, wahrlich globaler, sprich ideologiefreier Politik, kann mich besiegen, wenn daran gearbeitet wird, bei allen Menschen für ein besseres Abwehrsystem zu sorgen. Fördert eine gesunde Lebensweise, vernichtet krankmachende Lebensmittel, kümmert euch auch um das psychische Immunitätssystem!

Ich fordere euch zum langfristigen Umdenken auf. Wenn meine Existenz einen Sinn hat, dann diesbezüglich. Natürlich sollt ihr mich auch kurzfristig bekämpfen. Eure Maßnahmen dazu sind doch weitestgehend in Ordnung. Niemand erwartet Perfektion in einer akuten Lage. Aber wenn ihr schon eure Bevölkerung an die Leine legt, dann verfolgt das Ziel, mich auszurotten. Es kann gelingen, es gibt Beispiele dafür. Es wird euch nicht gelingen, das Sterben zu verhindern. Wenn ihr schon die Zahl der «Corona-Toten» in euren Statistiken bemüht, um eure Maßnahmen zu begründen und eure Erfolge zu feiern, dann nehmt bitte zur Kenntnis, dass die Zahl der Toten nicht nur eine Ziffer in eurer verdammten Tabelle ist. Nehmt wahr, dass sich Menschen dahinter verbergen, die ohne mich – vielleicht drei weitere Tage, einen Monat, ein halbes Jahr oder auch länger – leben würden. Nehmt wahr, dass diese Gestorbenen Hinterbliebene haben, die eure Worte des Mitgefühls erwarten und verdienen, um dadurch ein Stück weit besser mit dem Verlust fertig werden können. Seid ehrlich und aufrichtig dabei. Es gibt Beispiele, denen ihr folgen könnt.

Corona-Virus, Mai 2020

A Real Kiwi Bloke

Auszug aus der Pressemitteilung des neuseeländischen Gesundheitsministeriums vom 2. Mai 2020:

»Sadly, today we are reporting the death of a resident of Rosewood Rest Home who was transferred to Burwood Hospital. George Hollings was in his 80s, and his family have asked us to share his name and some information about him. George had a lot of friends who the family don't have contact details for and they'd like for them to have the opportunity to grieve along with his family. His family tell us that George will be remembered as a real Kiwi bloke, a rough diamond, who loved his deer stalking. They ask for the media to respect their privacy and to give them time to grieve. His family also say the staff who cared for George did an exemplary job. „We can't speak highly enough of the care Dad received. You've clearly chosen the best, most compassionate staff to work at Burwood.

George was considered to be a probable case of COVID-19, and he also had underlying health conditions. He passed away early this morning.

Every person we lose to COVID-19 is a tragedy, with a family and friends left without their loved one. Our thoughts are with George's family today and in the coming days. There have now been 20 deaths from COVID-19 in New Zealand.«

Manfred Görk

Luluba

Geschichte einer chinesischen Bauernfamilie

Roman

408 Seiten – Gebunden

Im Februar 2018 stirbt Chen Yangwa im Alter von 88 Jahren. Er lebte als Bauer in Luluba, einem Dorf in der chinesischen Provinz Shaanxi. Mengnan, eine seiner sechs Töchter, will ihn als besonderen Menschen im Gedächtnis bewahren. In der Stunde des Todes gelingt es der Seele ihres Vaters, alle seine Erinnerungen zu retten. So kann sie im Dialog mit Mengnan in ergreifender Weise die Entwicklung seiner großen Familie nachzeichnen. Ein Leben zwischen Tradition, Aufstieg und Moderne, Hunger, Fleiß und Wohlstand, Spannungen und Harmonie. Chen Yangwas einziger Sohn und seine zwei ältesten Töchter bleiben im Dorf und leben als Bauern in ihren angestammten Rollen. Seine anderen vier Töchter ergreifen die Chancen im sich rasch entwickelnden China und verlassen die Heimat, ohne die engen Bindungen zur Familie jemals zu verlieren. Der Autor dieser Familiensaga lässt den Leser tief eintauchen in ein China, das wohl nur die wenigsten kennen. Der Roman erhält dadurch seine Besonderheit, dass alles, was darin über das Leben der Familie geschildert wird, tatsächlich so geschehen ist. Das macht ihn authentisch, ehrlich und faszinierend.

BoD – Books on Demand, Norderstedt

Manfred Görk

Land der Mitte

Impressionen aus einer anderen Welt

Reiseratgeber

200 Seiten – Gebunden

Der weitgereiste Autor vermittelt auf wissenswerte und unterhaltende Weise, welche Besonderheiten Sie bei einer Chinareise erwarten können, ohne sich jedoch in der plakative Auflistung von Sehenswürdigkeiten, Hotels oder Restaurants herkömmlicher Reiseführer zu verlieren – ein Reiseratgeber der ganz besonderen Art! Außerdem möchte er auf China neugierig machen, indem er zahlreiche scheinbar zufällige, aber doch repräsentativ ausgewählte Schilderungen des alltäglich Erlebbaren anbietet. Alle Berichte sind authentisch und vermitteln einen spannenden Einblick in die chinesische Kultur. Durch diese Kombination ist das Buch für alle, die Interesse an China haben, eine große Bereicherung und es macht Lust, auch selbst einmal das faszinierende Land der Mitte zu erleben.

Novum Verlag